괜찮다는 오해

괜찮다는 오해

인썸 에세이

강한별

프롤로그

5년 전 이맘때 첫 책을 쓰던 때가 기억이 납니다. 그때는 참 행복했습니다. 곧이어 모든 불행한 감정이 시작되었습니다. 그 시간으로부터 쓴 모든 글과 몇 권의 책은 슬픔의 절정에 이르기까지의 솔직한 감정들이었습니다. 이번 책에는 그 슬픔의 정점에서 내려오는 감정을 글로 옮겨 적었습니다.

시간이 약이란 말을 믿지 않습니다. 시간이 오래되어 괜찮아진 것이 아니라, 내가 괜찮아지는 동안 시간이 흘렀을 뿐이라는 것을 잘 압니다. 괜찮아질 거라는 위로도 하지 않을 겁니다. 그저 나는 이렇게 괜찮아지고 있는 중이라고 전하고 싶습니다.

이 책에 적힌 언어들이 위안이 되기를 바랍니다. 마음에 품은 행복 하나가 때마다 느끼는 감정을 아무것도 아닌 것으로 만듭니다. 이 글을 읽는 모든 사람이 자신의 감정을 외면하지 않기를 바랍니다.

괜찮다는 오해를 하지 않기를 바랍니다.

우리는 괜찮아지고 있는 중일 겁니다.

차 례

Part1.

익숙한 슬픔으로부터

Part2.

늘어만 가는 감정의 시간

Part3.

감정의 위로, 마음의 위안

Part4.

언제고 행복에 닿기까지

Part1.

익숙한 슬픔으로부터

우리는 사랑을 하고 다시 이별을 하고

///

　순식간에 찾아와서는 오래 두고 서서히 떠나가는 것이 사랑이다. 오래 두고 서서히 찾아와서는 순식간에 떠나가는 것이 이별이다. 사랑도, 이별도, 어느 하나도 정신을 차릴 수 없는 것이다. 감정이었던 것이 관계를 선언하는 것이다. 어느 하나도 마음이 온전치 않은 일이다.

　이름도 얼굴도 모르는 두 사람이 만나 인연이 된다. 그리고 그 인연이 서로를 바꾸어 생각하게 될 때쯤 연인이 된다. 연애는 평생을 믿고 의지해도 되는지에 대한 확신을 얻기 위해 서로를 알아가는 과정이며, 서로 가진 마음을 통해 이해하고 오해하지 않으려 애쓰는 것이다. 이별은 그 과정에서 잘못 알았던 부분을 깨닫고 돌아서는 것이다. 느끼고 있던 사랑의 감정으로부터 빠져나오는 것이다.

　감정은 형태가 없으므로 주고받는 것이 명확하지 않다. 감정의 매개가 되었던 것들이 추억으로 남는다. 좋았던 추억은 그대로 남아 짙어지고, 좋지 않았던 기억은 변하지 않으며, 보통의 추억은 기억이 되어 언젠가는 사라진다. 이렇듯 사연 많은 세월이 서로를 관통했음에도 그 끝이 짧고, 간단했다면 오히려 허망했을 것이다. 그래서 나는 내가 느낀 슬픔이 결코 슬프기만 하지는 않았다. 괜찮지 않았어도 괜찮았다. 이별로부터 괜찮았다면, 나는 외려 무너졌을 것이다. 사랑이, 사랑이 아니었음에 괴로웠을 것이다.

사랑이 인생에서 가장 중요한 것은 맞아.
그러나 그 사랑이 결코 전부는 아니야.

이 두 줄을 적는 데 4년이 걸렸다. 사랑하지 않아도 행복할 수 있다. 다만 그 행복이 조금 부족할 뿐이다. 그 조금 때문에 우리는 힘든 사랑을 하고 있는 것은 아닐까.

그리움이 길잡이가 되어 주었다

///

미신에 대해 퍽 관심 없는 편이나, '운명의 붉은 실'에 대한 이야기를 믿는 편이다. 사실은 믿고 싶었는지도 모르겠다.

2017년의 여름 동경으로부터 멀어진 후, 4년이라는 시간을 그리움을 따라 걸었다. 세상에 남은 길이 이 길 하나밖에 없다는 생각으로 걸었다. 그리움을 따라 걷는다는 것은 앞을 바라보는 것이 아니라, 뒤를 보며 걷는 것과 같다. 앞을 보고 걷지 않으면, 시야가 없기에 부딪히고 넘어지고 방향을 놓치기도 한다. 그러나 그때는 그깟 것들이 중요하지 않았다. 온 우주가 무너지는데 상처 하나 늘어나는 것이 뭣이 중요했을까.

멀리 우주와 가까이 하늘에는 헤아릴 수 없을 만큼의 별이 존재한다. 우리는 그 많은 별을 그저 별이라 묶어 부른다. 나한테는 네가 그랬다. 무엇을 보고 무엇을 하고 무엇을 느끼고, 그러나 결국에 이르는 것은 너였다. 처음부터 알고 있었다. 확신에 이를 만큼 완벽히 알고 있었다. 그리고 마지막까지도 알고 있었다. 너와 헤어지면 나는 폐인이 될 것이라는 것을 알고 있었다. 평생 잊히지 않을 것임을 알고 있었다. 끝내 극복하지 못할 것임을 나는 알고 있었다. 그렇게 폐인이 되어 살았으나, 결코 나를 망가뜨리지는 않았다. 오히려 그 4년을 정말 열심히 살았다. 너를 다시 만날 날을 고대하며, 하루에 이틀을 더했다. 힘들었으나 어렵지는 않았다.

대상이 명확한 것은 선택의 폭을 좁혀준다. 우주에 뜬 해를 보며 걸었다. 와중에 나는 내가 더 잘 되어야겠다고 생각을 했다. 돌아보면 가장 결정적인 결정이었다. 덕분에 나는 그 선택으로부터 새로운 삶을 시작하게 되었다. 애써 쥐고 있던 것들을 놓았고, 필요한 것을 쥐려고 노력했다. 그리움이 없었다면, 더하여 너에 대한 마음이 금방 사라졌다면, 나는 속절없이 무너졌을 것이다. 안주했을 것이다. 똑같은 잘못을 반복했을 것이다.

사람들은 그리움이 사람을 망가뜨린다고들 한다. 그러나 아니라고 말하고 싶다. 그리움은 누군가에게는 붉은 실 같은 소중한 감정이다. 붉은 실이 운명뿐만 아니라 삶에도 이어져 있다. 그리움에 나를 던지는 것이 아니라, 내 의지에 그리움을 던져라. 결코 끊어지지 않는 좋은 길잡이가 될 것이다. 보고 싶은 마음보다 큰 갈망은 없을 것이다. 너무 좋은 사람을 사랑하여, 내가 그리움을 이렇듯 크게 가진 것에 대해 나는 감사했다.

나를 힘들게 하는 선택들

///

도저히 못 잊겠습니다.
나는 그냥 간직하겠습니다.

봄은 그때 그 모습 그대로 다시 오고는 했다. 달라진 것이라고는 그 장면에 있던 사람 하나가 빠져나간 것뿐이다. 뭣 하러 잊으려 애를 쓸까. 꽃이 피고, 비가 내리고, 낙엽이 지고, 눈이 내리면, 다시 떠오를 것을.

잊으려 애쓰면 오히려 나를 잊게 된다. 내가 없는 나는 공허에 이른다. 상처 없이 깔끔하게 잊히는 기억이란 없다. 잊으려 애쓰는 순간조차 그 기억에 대한 기억이 된다. 결국 기억 하나를 지우려, 기억 하나를 더하는 꼴이다.

얼마나 많은 시간이 흘렀을까. 그 시간마다 기억이 늘러 붙었다. 시간과 시간 사이에는 틈이 많으며, 그 틈을 무엇으로 채우는가에 따라 슬픔의 척도가 나뉜다. 소중한 기억도, 잊고 싶은 기억도, 구분이 없다. 잊겠다는 다짐 하나에 온 마음이 만신창이가 되었다. 그 다짐 하나 때문에. 그 마음 하나 때문에.

더는 무겁기만 한 그리움은 아닐 것이다. 그러나 그저 그것으로 되었다. 이 정도면 감내할 만한 삶의 무게라는 것을 나는 느낀 것이다.

한 번의 삶

////////////////

사람 한 명 좋아했을 뿐인데, 온 우주가 무너졌다.

어느 시절, 같은 시간 같은 공간에 놓인 누군가를 우연히 눈으로 보게 되고, 그 시선은 운명이 되어 날아들고, 다시 그녀를 계속 보게 되고, 계속 보게 되는 그녀를 좋아하게 되고, 좋아하던 그녀를 사랑하게 되고, 사랑하던 그녀와 사랑하게 되고, 사랑하는 그녀와 입을 맞추고, 사랑하는 그녀와 하루를 보내고, 사랑하는 그녀와 몇 해를 보내고, 사랑하는 그녀와 이별하게 되고, 하나뿐인 우주가 끝난다.

쉼 없는 감정이었다. 이별에 이르렀어도 가히 행복한 삶이었다. 행복이 컸던 감정에는 따르는 아픔이 무색해진다. 삶이란 결국 한 번의 우주를 사는 것이다. 한 번의 삶이 끝났을 뿐이다.

그렇게 생각하고 싶다.

마음에 담고 싶다

//////////////////////////

　근처를 서성이기도 했고, 소식을 들락거리기도 했다. 술을 마시기도 했고, 울어 보기도 했다. 기차 여행을 해보기도 했고, 차를 타고 해안가를 돌기도 했다. 가끔 보는 바다는 변함이 없고, 매일 보는 강은 결국에는 다시 모양을 찾는다. 하늘을 바라보고 걸어도 나는 늘 땅에 붙어 있다.

　이 정도 했으면 이제 그만 잊었어야 할 마음이었다. 그러나 그 마음은 아직도 내 안에 있다. 특별했던 것이다. 잊히지 않는 그 마음에 마음이 남아나지를 않는다. 더 이상 그 마음으로 할 수 있는 것이 없다.

　사라져라.
　사라져라.

　다듬어지지 않는 이 모진 생각을 내 것으로 만드는 동안에도 나는 마음에 가득한 감정들을 애써 감싼다. 그러니 너는 내 기억에

서 끝내 사라지지 마라. 마지막까지 보고 싶다. 혹여 사라진다고
해도, 사라지는 모습까지 나는 마음에 담아 가고 싶다.

사랑에서 이별로 다시 삶으로

이별은 혼자가 되어 아픈 것이고, 사랑은 혼자가 될지도 모른다는 불안감에 아픈 것이다. 대부분의 이별은 순간이 아니라, 오랜 시간 반복되어 만들어지는 것이기에 그 슬픔은 단단하고 느려터졌다. 그 단단함과 느림이 이별이 번복되기 어려운 이유이다.

8월의 장마가 시작되던 무렵, 나는 이별에 본격적으로 놓였다. 첫날에는 물이 고인 한 평 정도의 좁은 공간에 빠져 죽을 뻔했다. 다음 날에는 족히 3미터는 되어 보이는 시멘트벽에 기대어 종일을 앉아 있었다. 고작 그 벽 하나 사이였다. 차라리 없었다면 좋았을 공간이었다. 밤이 되면 가로등 빛이 들지 않을 정도로 새카만 동굴 같은 느낌을 주는 곳이었다. 보이는 것은 불 켜진 창문과 서슬 퍼런 하늘, 그 아래 걸친 나뭇가지들뿐이었다. 밖에서는 내 모습이 안 보였을 것이다. 겉으로는 내 마음이 보이지 않았을 것이다. 그 정도로 캄캄한 곳이었다. 그 정도로 참고 있었다. 그래도 아프지는 않았다. 내 눈에는 네가 보이지 않았으니까.

엄밀히 말하면 이별은 슬픈 것이다. 아픈 것은 오히려 사랑 쪽이다. 사랑이 깨질 것 같은 불안감도, 사랑하는 사람이 아파하는 모습을 보는 것보다 아픈 것은 세상에 없다. 나는 그런 세상을 살았던 것이다. 세상이 끝날 것이라는 것을 걱정하고 있었던 것이다. 나는 어느 순간에 이르러서는 결국 이렇게 될 것이라는 것을 모르지 않았다.

그게 미안하다.

숨 막히는 이별

//////////////////////////

어쩔 수 없는 헤어짐이라면, 우리 애써 노력은 하지 말자. 나도 알고, 너도 안다. 이별이 우리 앞에 와 있음을 서로 알고 있다. 그러나 입 밖에 내는 순간 정말 끝이다. 사랑의 지속과 이별의 결단에 대한 감정이 정점을 찍고 내려오면, 그때부터는 현실과 이성이 골고루 섞인다.

이미 너무 멀리 왔다. 서로 알았으면 했던 모습은 더는 알지 못했고, 몰랐으면 했던 사실들은 알게 되었다. 연애가 서로를 알아가는 과정의 시작이라면, 이별은 알게 된 것을 인정하는 맺음이다. 이별은 결국 한 시절을 억지로 맺는 것이다. 영혼의 껍질을 모두 도려내는 듯한 고통이다.

한 번도 하기 힘든 그 이별을 몇 번이나 했는지, 보이지도 않는 영혼의 색깔이 바뀌어 가는 것이 느껴진다. 진한 갈색이었던 눈동자는 검은색이 되었고, 낯빛이라고 말하는 피부색 또한 어두워졌다.

나는 이제 그냥 숨을 뱉어도 한숨이 된다. 길게 마시고 길게 뱉던 숨을 짧게 마시고 짧게 뱉는다. 심장은 자꾸만 늘어나 폐, 허파 등의 장기는 꽤나 작아졌을 것이다. 숨을 담을 공간조차 좁아드는 것이다. 이별은 결국 숨 막히는 것이었다.

눈물

//////

눈물이 나지 않아도 아픈 건 그대로니까
눈물이 흘러도 아픈 건 그대로니까
어차피 아플 거라는 것을 알고 있었잖아.

봄이면 울고
여름이면 울고
가을이면 울고
겨울이면 울었다.

울지 않은 날에는 고인 눈물을 닦았다.
피부에 눈물이 닿지 않은 날이 없었다.

울어도 되는 사람

//////////////////////////////

어제는 꽤나 오랜만에 울었습니다. 그동안 울지 않았던 것이 억울해서 울었습니다. 언젠가 그런 질문을 나한테 한 적이 있습니다.

'어떻게 한 시간을 쉬지 않고 눈물이 날 수 있는 건지요?'

울었습니다. 그리고 오늘은 내내 웁니다. 스스로 눈물이 많다는 것을 알면, 억지로 멈추지 않아도 되는 것이 좋습니다. 가끔은 눈물이 편안하게 느껴지기도 합니다.

나는 울어도 되는 사람입니다.

인생이 저무는 듯한 날이었다

'그것은 마치 불행의 문을 두드린 네 번의 짧은 노크 소리
와 같았다.'

알베르 카뮈의 소설 『이방인』에 쓰인 이 문장을 좋아한다. 문
학에 깊은 관심을 두는 것은 아니지만, 인상적인 문장은 반드시
적어 두는 습관은 내가 느끼는 낭만의 파편이다. 그리고 가끔 그
문장이 내 삶에 들어와 정확히 박히기도 한다.

그날도 그런 날이었다. 심장 박동 소리가 크게 네 번은 고꾸라
졌을 것이다. 눈을 떴을 때는 이미 너는 사라진 후였다. 빗소리는
자꾸만 귓속 깊숙이 박혀오는데, 눈은 감았을 때보다 오히려 캄
캄했다. 하루가 저무는 것이 아니라, 인생의 낮이 저무는 듯한 느
낌이었다. 거대한 밤이 오리라는 것을 느끼고 있었다.

아름다운 이별은 없다는 것을 가장 알고 싶지 않았던 순간에
깨닫는다. 왜 항상 깨달음은 자극에 의해서만 전해질까. 보통날

에 불어오는 바람처럼 가볍게 알게 되면 좋을 것을, 깨달음은 항상 큰 자극에 의한 작용-반작용으로만 일어난다. 그리고 그 작용을 일으킨 것이 너와의 이별이라는 것이 견딜 수 없는 감정을 불러일으켰다. 이별이 무효가 되지 않는 이상 한 번 들어와서는 나갈 곳이 없는 감정이었다.

나는 그 밤의 어디쯤을 걷고 있을까.

여백 없는 마음

////////////////////////////////

마음은 처음부터 가득 찬 후에 점차 가벼워지는 것일까. 아니면 처음에는 비어 있으나 점차 가득 차는 것일까.

내가 담고 싶은 마음과 담고 싶지 않은 마음이 때로는 어딘가에서 엇갈려 부딪힌다. 혹여 지금의 내 마음은 여백이 너무 없는 것은 아닐까. 외려 소중했던 마음이 필요 이상으로 넘치는 것은 아닐까. 그렇다면 다른 마음을 담을 수 없는 것은 아닐까. 마음을 비우라는 말에는 무겁고 어려운 마음이 가득 차 있다는데, 소중한 마음을 비우는 것이야말로 마음을 비우는 것이었다.

그렇게 모질게 생긴 여백에 새로운 감정을 그려 넣는 것이다. 그게 무엇이든 상관없이 말이다. 그래서 나는 마음에 가끔 여백이 생기는 것이 좋다. 어느 하루에 여백이 생기는 것이 좋다. 채울 수 있는 무언가를 선택할 수 있기 때문이다.

시간은 스스로 차오르지만, 기억은 내가 채우려는 것으로 채울

수 있다. 그것이 곧 즐거움이 되고는 한다. 무엇 하나로 마음을
가득 채울 필요가 없는 것이다.

불안감

///////////

어려서 특별한 아픔을 경험한 것도 아닌데, 나는 불안감이 꽤나 큰 편이다. 내가 느끼는 이 감정이 불안감이 맞는지는 사실 정확히는 모르겠다. 진단받은 적 없으니 '그저 그런 게 아닌가?' 하고 생각하고 만다.

어느 공간에서 특별한 상황이 생기는 것을 싫어한다. 지하철 열차의 같은 칸에 무언가 이상한 낌새를 풍기는 사람이 탔을 때, 술 취한 사람이 탔을 때, 싸움이 일어날 때. 무조건 다른 칸으로 이동하거나, 심하다고 생각하면 열차에서 내린다. 대구지하철 참사의 영향이 있는지도 모르겠다. 성수대교가 무너진 일, 삼풍백화점이 무너진 일 등 모두 은연중에 내게 영향을 미쳤는지 모른다. 밤에 혼자 길을 걸을 때는 절대 이어폰을 끼지 않는다. 이는 영화에서 본 한 장면 때문이었다. 내가 의도하지 않은 내 잘못에 의해 일어나지 않은 일에 대한 경계인 것이다.

모든 일에 대비해야 마음이 놓인다. 운전하는 것을 싫어했던

이유도 내 실수가 아닌 다른 사람의 실수에 의해 사고 날 가능성
에 대한 염려였다.

　위험한 일을 하는 것도 극도로 싫어한다. 이 감정들은 내가 직
접 경험한 것이 아닌 이 사회를 살며 간접적으로 알게 된 것에 대
한 반응이다. 이 감정들은 과연 걱정일까, 불안일까. 정말 내가
이상한 것일까. 아무렇지 않게 지나가기에는 그려지는 잔상이
너무 많다. 그래도 이 불안함이 나를 힘껏 붙잡고 있었는지도 모
른다. 무너지지 않도록. 불안에는 반드시 대안을 준비하는 것이
내 삶의 방식이었으니까.

죄책감으로부터

//////////////////////////////

한마디의 말도 입에서 꺼내지 않았던 날들이었다. 정상적인 생활을 하고 있다면, 하루에 한마디도 하지 않는 날이 있을까. 내 생활은 역시 정상적인 범주에서 많이 벗어나 있었다.

말을 하지 않는다는 것은 사람을 만나지 않는다는 것을 뜻한다. 그 누구도 만나지 않는 기간이 꽤 길었다. 적어도 2년은 그랬던 거 같다. 날숨이 절반은 줄어드는 느낌이었다. 적당히 마음과 온갖 사고가 밖으로 표출되어야 하는데, 그대로 머물러 있는 것이다. 무엇이 감싸고 있길래 그 껍데기를 뚫지 못했을까. 슬픔이었을까. 외로움이었을까. 그리움이었을까.

그것은 죄책감이었을 것이다. 나는 다 잃는 것으로 내게 벌을 줬던 거 같다. 너를 잃어갔다. 얻는 것 없이 내어주며 계속해서 갚아 먹혔다. 모두 내어줬을 때 그제야 나를 용서할 마음이 생겼다.

어색해진 너의 이름

/////////////////////////////////

누군가 내게 단어 하나로 나를 표현하라고 한다면, 나는 네 이름을 적을 것이다. 지나온 기억과 앞으로 남은 감정들이 모두 너에 대한 것이다. 나는 그 감정을 글로 기록할 것이다. 어느 날에는 마주할 것을 고대하며, 언제고 오기를 기다리고 있을 것이다.

한번 불러보고 싶다.
한번 적어보고 싶다.
그 이름.

내가 태어난 이후로 한 번도 변한 적 없는 네 이름을 말이다.

그랬던 것들이,
그랬던 마음이,
그랬던 날들이.

이제는 그 이름도 어색해졌다. 너무 많이 생각해 다 닳아 버린 것인지, 불러 보지 못해 소리를 잃은 것인지, 꺼내지 못해 의미를 잃은 것인지. 나는 이제 네 이름이 어색하다. 그리고 네 이름을 어색해하는 내가 어색하다. 돌아보면 어색함은 늘 내게 그리 좋은 감정은 아니었다. 익숙한 것에서 오는 안정감이 나는 좋았는데, 네 이름이 이제 편안하지가 않다.

저마다의 역할

//////////////////////////

친구들 가운데 마음이 맞아 더 깊숙한 친구가 되는, 어려서부터 어른이 되어서까지 함께 무리를 짓는 친구들이 있다. 그 무리에는 대부분의 역할이 있다.

즐거울 때 더 즐겁게 해주는 친구
슬플 때 슬픔을 덜어 주는 친구
잘못했을 때 잘못을 확실히 짚어 주는 친구

각각의 감정의 역할을 하는 친구들이 있다. 이것은 우리가 본능적으로 가꾸어낸 것이다. 내 삶을 영위하는 데 꼭 필요한 사람들인 것이다. 그것이 그들에게 의지해도 되는 이유가 될 것이다.

필요할 때는 필요를 채우면 된다. 내가 이미 가지고 있는 것을 통해서 말이다. 멀리 있는 것은 닿기까지 너무 오래 걸린다는 것을 알아야 한다.

어찌 지내시는지 궁금합니다

오현이 형, 어찌 지내시는지 궁금합니다.

어떤 모습으로 지내시는지 궁금합니다.

얼굴을 마주하지 못한 지는 어언 13년이고,

그 이별이 마지막이 된 지는 어느덧 6년입니다.

나는 그때 그 이유를 이해하지 못했습니다.

도대체 어떤 사랑이었길래 그리 함부로 가셨는지.

이제 제 나이가 그때 형님의 나이가 되었습니다.

그 사랑이 어떤 사랑이었는지를 좀처럼 알 것 같습니다.

끝까지 알지 못했다면 좋았을 것을 요즘은 원망스럽습니다.

그곳에는 사랑이라는 감정이 있는지요.

있다면 걱정이 되기도, 마음이 놓이기도 합니다.

저는 예정보다 조금 오래 머물다 가겠습니다.

언제고 술 한잔하는 날도 있겠지요.

나는 그날 내가 당신 앞에서 울지 않기를 바랍니다.

별것 없으니 그냥 웃어버리라던 그 표정이 생각이 나 그리운 밤
입니다.

아픈 마음에게

/////////////////////////

가슴팍의 연약한 피부를 뚫고 나오는 감정들 때문에 내내 마음이 성치 않습니다. 어쩌면 오래전에 관통되었는지도 모르겠습니다. 그 아픔을 착각하고 지냈는지도 모르겠습니다. 마음의 상처는 붉은색을 띠지 않으니 극적으로 다가오지는 않습니다만, 그것이 마음을 치료할 부위를 찾지 못하는 까닭이 아닐런지요. 마음이 아픈 사람들에게 정신을 치료하려는 것은 그 또한 상처가 되는 것은 아니었을까요.

때로는 마음에도 형태가 있어 정확히 헤아릴 수 있으면 좋겠습니다.

꿈에서라도 말입니다.

감정의 조각

////////////////////

　너무 슬펐던 날에는 그 감정들을 조각을 내어 단어 하나하나로 나눠 적습니다. 그리고 마음이 괜찮아지면, 그제야 다시 그 조각들을 한데 모아 담습니다. 그런 날의 감정은 저마다 굵은 선이 깊게 패여 있습니다. 그 틈을 나는 애써 파고들었던 거 같습니다. 보고 싶은 날에는 그 선에 갇혀 눈물이 흐릅니다.

　마음이 괜찮아졌던 날은 없습니다. 그저 가끔은 괜찮다 믿고 싶었던 것일 겁니다. 흩어진 감정들을 한데 모으는 날이면, 온갖 생각이 함께 왔으나, 나는 괜찮았습니다. 조각은 한데 모을 수도 있지만, 다시 나눌 수도 있었기 때문입니다. 한 번 크게 울면 그만이었습니다. 하루 크게 아프면 그만이었습니다.

　시간으로부터 나는 단단해진 것은 아니었지만, 이렇듯 감정 하나가 끊어지지 않을 만큼 유연해졌습니다. 무엇도 괜찮았습니다. 무엇도 괜찮았습니다.

기억을 남긴다

//////////////////////////

자식은 부모의 모습을 닮는다.

자식은 부모의 마음을 닮는다.

자식은 부모의 모습을 담는다.

자식은 부모의 마음을 담는다.

그것이 평생을 담아 평생을 꺼내어 보는 기억이 된다.

그리고 부모는 그 평생의 기억을 가져간다.

앞으로 많은 기억을 드리고 싶다.

내 부모님께.

영원한 행복은 없어

곱씹어야 했던 기억들이 마음에 얹히면, 그날은 그저 살아있기만을 바라야 했다.

이별에 갇혔다. 내핵은 필요 이상의 사랑으로 가득 차 있고, 그 표면은 다시 필요 이상의 이별로 덮여 있다. 이별을 끝내려거든 그 표면을 뚫어야 하는데, 그게 쉽지가 않다. 표면에 막혀 튕겨 나와 마주하는 것은 결국 내핵의 사랑이다.

어느 날의 행복은 어느 날의 슬픔이 된다.

확실하다. 영원한 행복은 없다. 아직까지는 그렇다.

표정으로부터

//////////////////////////

어머니가 아프면 내가 그린 그림이 물에 젖는 기분이다. 소중한 것들 중에서도 소중한 것이 있다. 기분 좋게 지내다가도 어머니 안색이 안 좋은 날이면, 내 하루가 종일 가라앉는다.

어머니는 내 얼굴에 내가 느끼는 감정들이 모두 드러난다고 하시는데, 어머니의 얼굴 또한 그렇다. 아침에 집을 나설 때 보는 얼굴과 저녁에 돌아와 얼굴을 볼 때면, 나는 느낄 수 있다. 기분이 안좋거나, 아픈 날이면 마음이 아픈 것을 넘어 괴롭기까지 하다.

어머니와 자식 간에는 끊어지지 않는 연이 있다고 하는데 나는 유독 그 연이 굵은 모양이다. 내가 그린 그림에 가시가 돋치는 기분이다.

나흘을 아무 것도 먹지 않았다

//

    퇴근을 하고서도 집 앞 벽에 한참을 기대어 앉아있다 들어간다. 담배를 태우는 것도 아닌 그 모습은 다른 사람의 눈에는 이상하게 보였을 것이다. 그때 나는 분명히 영혼도 생기도 없었을 것이다. 크게 마시고 뱉은 숨과 함께 대문을 열고 들어간다. 어머니는 방에 따라 들어와 제발 무엇이라도 먹으라고 하신다. 눈을 마주쳤으면 어머니는 분명 울고 계셨을 것이다.

    이 방에 불을 켜지 않은지도 열흘은 넘었을 것이다. 요일도 날짜도 세지 않은지 오래다. 그대로 드러눕는다. 어머니는 컵에 물을 따라 빨대를 꽂아 오신다. 아마 그때 내 모습을 잊지 못하실 것이다.

    내 모습은 내 눈에는 보이지 않으니, 나는 내 모습을 기억하지 못한다. 감정은 기록했으나 모습은 기록하지 못했다. 죄송한 마음이 여직 커 전해 듣지도 못한다.

그때는 그랬다. 세상의 모든 숨결이 다 타버린 재로 느껴졌다. 그럼에도 내가 끝내 절벽에서 뛰어내리지 않은 이유는 절벽 아래 바닥조차 보이지 않았기 때문이다. 절망이었다. 바닥이 보였다면 뛰어내렸을 것이다. 감당이 안 되는 헤아릴 수조차 없는 아픔이 다행인 것은 포기가 필요 없다는 것이다. 내 의지와는 상관없는 포기. 그제야 마침내 병든 내 모습을 드러내는 것이다.

무너져야 할 때는 완벽히 무너지는 편이 낫다. 포기하지 않는 실패는 실패가 아니라 끝이 되고야 만다.

작별에게

//////////////

　빗소리에 밤새 왈칵 쏟은 눈물을 아침이 해를 밀어 올리고 나서야 닦습니다. 아실까요. 바닥에 흥건한 눈물은 어찌나 쉽게 닦입니다. 허나 눈물은 늘 마음에 뚜렷한 흔적을 남깁니다. 그리고 그 흔적이 오래 남으면 상처가 되기도 합니다. 때마다 애처롭고 가엾습니다. 담기는 것들이 애련합니다. 눈물 한 방울의 무게는 적어도 수십, 수백 일의 아픔을 쥐어 짜낸 진심과 같을 겁니다. 그것이 아마도 상처가 아닐까요. 누군가는 새카만 암 덩이가 온몸을 덮었다는데, 그렇다면 내 마음은 슬픔 덩이가 얼마나 덮었을까요. 하나, 둘, 삼, 넷 숫자를 세는 것이 아직 의미가 있을지 모르겠습니다. 내가 하려는 것이 무엇이든 마지막에 다가설수록 울음이 웃음이 되어 샘솟기를 바랍니다. 마음을 정리하는 것이 다른 목적 없이 그저 그 안에서 행복했으면 합니다. 그럴 수 있다면 당신을 잊을 수 있을지도 모르겠습니다.

　당신과 이별이 아닌 작별을 하고 싶습니다.

미안한 마음

////////////////////

    속상한 말을 들었다. 아픈 말은 본디 찢어진 마음 틈새로 새어
나오는 것을 알고 있다. 그래서 나는 내가 느끼는 속상함이 미안
할 때가 많았다. 내 앞에 있는 그 사람의 표정이 나는 미안했다.
다시는 마주하고 싶지 않은 표정이었다.

비가 내리기 전에는 바람이 분다

비가 내리기 전에는 오늘 같은 바람이 분다. 어쩐지 비가 내릴 모양이다. 그리고 대부분의 경우 틀림이 없었다.

2022년 3월 4일 금요일 오후 5시 27분, 오늘은 20대 대통령선거 사전 투표일이다. 이른 아침에 예보되어 있던 비는 내리지 않았다. 쨍쨍한 햇살이 비에 대한 우려를 마르게 하고 있었다. 그리고 5분 후 굴절되어 들어오는 눈앞의 색채가 바뀌었다. 구름이 햇살을 가렸고, 엄청난 바람이 불기 시작했다.

사방 가로막힌 두어 평 남짓한 공간에 바람이 불면, 유리창 너머로 지난가을에 쓸어 모아뒀던 낙엽이 회오리치듯 날아오른다. 그로부터 3시간을 나는 테이블에서 움직이지 않았다. 글은 한 자도 적지 못해, 3시간 전에 쓰던 글을 여태 붙잡고 있었다. 아무 생각도 하지 않았다. 그저 부는 바람을 지켜만 보았다.

낙엽의 마지막 모습을 지켜만 보았다. 아무것도 하지 않았다.

늘 그런 식이었다. 그리움이란 그런 것이었다. 나는 그 자리에 있고. 눈앞에 펼쳐지는 것은 격변하고. 시간이 지나면 다시 나 혼자 남는다. 모든 것이 변해가는 동안 나 혼자만 그대로였다.

기도

//////

사랑하는 사람이 아프다. 무슨 말을 어찌 표현해야 할지도 모르겠다. 그때의 기억들은 아직도 온몸을 굳게 만든다. 세상의 모든 것이 멈추고 그 순간의 감정과 기억만 움직인다. 나는 마음을 진정할 수 없어 온갖 신경과 사고가 멈춰버렸다. 이 글은 이어 나가지를 못하겠다. 그저 그녀가 믿는 신이 그녀를 보고 있기를 바라는 수밖에.

두 번의 실패를 품은 강릉

//

2005년의 겨울, 수능이 끝나고 친구들과 강릉 경포대에 놀러 갔던 것이 강릉에 대한 첫인상이다. 그때 이미 수능에 실패했다는 것을 알고 있었지만, 인정하지 않고 있는 상태였다. 강릉은 추웠고, 동해바다 특유의 검푸른 바다 빛이 퍼져있었다. 외갓집이 포항이었던 덕분에 동해바다는 언제나 꽤 익숙한 모습으로 다가오고는 했다. 앞에 놓인 강릉의 바다는 눈 대강으로 멀리 보아도 검푸른 것이 꽤나 깊어 보였다.

수능은 내 인생의 첫 번째 실패였다. 그리고 서른넷이 되어서야 나는 강릉에 다시 갈 생각을 했다. 두 번째 실패를 모두 짊어진 상태였다. 수능 그리고 사랑, 둘 다 한 시절의 전부였던 것이었다.

나는 늘 전부를 잃고 나서야 나를 살릴 생각을 한다. 혼자서 여행하는 바다는 꽤나 다채롭다. 여럿이 함께 오면 들리지 않을 바닷소리, 먼바다의 하늘, 수평선의 움직임, 한곳에 머물러 앉아 있어도 촉박하지 않은 시간. 마음이 놓인다.

　함께 왔던 바다도 아닌데 왜인지 이곳에 너를 두고 온다. 함께 두고 온 마음도 많다. 언젠가 함께 가서 그 마음들을 다시 보여주고 싶다. 이 바다는 속초의 바다까지 이어져 있을 테니. 멀리 띄워 보낸다. 어느 날에 소원을 적은 종이배를 만들어 함께 띄워 보냈던 날처럼.

아무리 끌어안아도 나를 떠나가는 것들

한번 마음에 담은 것은 쉽게 떠나지 않는다. 더하여 마음을 잃기는 참으로 어려운 일이다. 그런데 우리는 그 마음을 잃어가며 산다. 아무리 끌어안아도 마음은 거세게 떠나간다. 내가 내 마음을 잃기도, 누군가의 마음에 나를 잃기도 한다. 그 어렵고 오래 걸리는 일을 해낸다. 이별은 결코 한순간의 뜨겁고 차가운 감정이 아니라, 온도조차 느끼지 못할 정도의 아주 평범한 상태로 온다. 소중하고 특별했던 순간이 아무것도 아닌 순간이 될 때, 우리는 헤어져야 할 때를 맞은 것이다. 어찌할 수 없는 이별이 온 것이었다.

소리 없는 꿈에 놓이다

언젠가부터 내 꿈에는 소리가 없다. 그것은 아마 네 목소리가 기억이 나지 않았을 때부터였을 것이다. 네 모습은 시간이 아무리 지났어도 선명하다. 닳고 닳도록 보았으니 그 모습이 어찌 잊힐까. 그러나 목소리는 달랐다. 목소리를 들으면 모든 것이 무너질 거라는 걱정에 동영상은 한 번도 열어보지 않았다. 어쩐지 목소리는 묘사가 안 된다. 글로 적어도 그것은 그저 흉내일 뿐, 형언할 수도 없다. 애써 노력한다고 그 목소리가 맞는지 알 수도 없다. 들고 싶었다. 내 이름이. 네 목소리에 묻어 퍼지는 내 이름이 들고 싶었다. 내게는 그 순간이 날마다 천국의 문이었다는 것을 기억하고 있었다. 그 문이 다시 열리는 날이 있다면, 천국일 것이다.

비우고 채우는 일

////////////////////////////////

때로는 나에게도 있었으면 좋았을 추억들에 대한 갈증이 있다. 보통은 해본 적이 없거나, 했어도 특별하지 않았던 것들이 시답지 않게 그 대상에 오른다.

나는 정말 미친 듯이 놀아본 적이 없다. 시끄러운 것보다는 조용한 것을 좋아했다. 스무 살 때 친구를 따라 클럽에 간 적이 있는데, 그 이후로는 가본 일이 없다. 정말이지 너무 시끄러웠다. 왜 이런 좁아터진 지하에서 술에 취해 몸을 흔들고 부비는지 이해가 안 됐다. 한 친구는 일탈 하나 없이 사는 나에게 그런 말을 하기도 했다.

"너의 그 도덕성이 언젠가 화를 부를 거야."

즐기는 것에 대한 가치가 달랐기 때문일 것이다. 지금은 그런 생각을 하지 않는다. 그렇게 놀지 못한 것에 대한 약간의 후회가 있을 뿐이다.

갈망은 어쩌면 부족함으로부터 온다. 어렸을 때 충족하지 못한 것들을 우리는 어른이 되고 난 후에야 채워 간다. 부족함을 기억하고 있는 것이다. 그 사람의 취미를 보면 알 수 있다. 무엇이 부족하고 넘쳤었는지 말이다. 나는 각자의 그 채움이 너무 멋스럽다.

누군가 취미가 뭐냐고 내게 물었을 때 "운동이요, 운동하는 것을 좋아합니다."라고 답하던 내가 불쌍해졌다. 무엇 하나 꼭 집어 말할 수 없는 취미 같지 않은 취미였으니까. 지금은 해본 적 없는 취미들을 이어가고 있다. 저마다 다른 행복과 즐거움이 따른다.

시작에서 설렘을 잘 느끼는 것보다 좋은 재능은 없다. 나는 요즘에서야 느끼는 이 설렘들이 좋다. 뚜렷한 취미를 가져라. 비워가는 것만큼 채워가는 것이 어른이다. 추억이 없는 일들에 추억을 만드는 것은 삶을 가득 채울 수 있는 좋은 방법이다.

불면증

//////////

아버지는 하루에 서너 시간을 주무시는데, 그마저도 잠에서 깨는 일이 잦으셨다. 불면증. 내가 아주 어렸을 때부터의 일이다. 그리고 나는 아버지가 잠에서 깨 화장실에 가실 때마다 함께 깼다. 나도 역시 같은 불면증이었다. 어려서는 그게 불면증인지도 몰랐다. 그냥 자고 싶어도 잠이 안 왔다.

나 역시 그렇게 평생을 그렇게 살았다. 내 방이 아닌 곳에서는 잠을 이루지 못하는 것은 당연했고, 여행을 가거나 집이 아닌 곳에서는 거의 밤을 지새우다시피 했다. 3박 4일의 수학여행에서 잠을 1분도 자지 않았던 사건은 친구들 사이에서는 꽤나 유명한 일이다.

그러나 나는 그 불면증을 일찍이 받아들였다. 잠을 적게 잔다고 해서 내가 피곤했으면 문제가 되었겠지만, 다행히도 나는 잠을 조금만 자도 전혀 피곤을 느끼지 않았다. 그렇게 얻은 밤의 한두 시간을 나는 인생의 보너스 시간이라고 생각했다. 대부분의 시간을 나는 무언가를 생각하는 데 썼다. 그 생각의 결과가 글로 적히는 감정들이다.

마음이 아파 잠을 잘 수 없다는 사람들에게 그런 말을 하고 싶다. 잠이 안 오면 자는 것을 일찍 포기하라고. 애써 뒤척여도 잠들지 않을 거라는 것을 알면서도 그대로 있는 것은 아무것도 안 하는 것보다도 못한 일이라고 말이다. 어쩌면 그 시간이 잠보다도 더 중요한 것을 가져다줄지도 모르는 일이다.

보고 싶은 사람이 보고 싶어질 때

꽃이 피던 날.
꽃이 떨어지던 날.
비가 내리던 날.
비가 그치던 날.

마음에 무용한 것들이 들어와 앉을 때마다 동요하던 수많은
감정들.

보고 싶다.
보고 싶다.
보고 싶다.

사진이 움직이면 좋겠어요. 사진에 소리도 담겼으면 좋겠어요.
그 바람 두 가지를 실현한 세상에 나는 살고 있다. 기억이 살아
움직이는 이 세상이 원망스럽다. 21세기가 싫다.

눈물도 웃음도 공평하게

내가 아무리 눈물에 관대하고 웃음에 인색하다고 해도, 사는 동안에 눈물보다 웃음이 확실히 많았을 것이다. 그런데도 기억나는 순간들은 모두 눈물이다. 감정을 확인하는 방법은 사진이나 동영상이 절대적인데, 사진을 찍는 것을 싫어했으니 웃음을 확인할 길이 없는 것이다. 관계가 끊기면 내 감정을 확인할 수 없는 이유도 이와 같다.

반면에 눈물은 눈에 너무 잘 보인다. 간단한 이치다. 눈물이 기억에 더 확실히 박혀있는 것은 눈물에 형태가 있기 때문이다. 그래도 다행인 것은 눈물의 색이 투명하다는 사실이다. 누군가의 배려였을까. 걱정이었을까. 웃어라, 울어라. 뭐든 좋다. 그러나 올바른 감정이거든 어떤 것도 참지는 말아라. 감정을 혼자 두지 마라.

모든 감정 하나하나가 나를 기다리고 있을 것이다. 나로부터 꺼내어지기 위해서.

감정의 끝이 깊다

//////////////////////////////

　생각만으로도 눈물이 나게 하는 사람이 있다. 그 사람을 만나고 싶다는 생각이 마음으로 변하고, 그 마음이 다시 생각이 된다. 알고 지내는 사람과 알고 지냈던 사람 중에는 생각이 먼저인 사람이 있고, 기억이 먼저인 사람이 있다. 너는 마음이 먼저였다.

　네 생각이 난다.
　네 생각을 한다.
　웃음이 나온다.
　눈물이 나온다.
　눈물을 닦는다.
　웃음을 지운다.
　네 생각을 멈춘다.
　네 생각을 접는다.
　보고 싶어 운다.

　너는 늘 이렇게 눈물로 끝이 난다. 생각만으로도 감정의 끝에 이른다. 깊다. 정말.

마지막이 될 이야기

/////////////////////////////////

　행복하라는 말은 아직도 못하겠다. 헤어지기 전에도 헤어진 후에도 늘 고마웠다. 사는 내내 아프지 마라. 이제 내가 바랄 것이 그것밖에 없다. 하늘에 모든 것이 너를 닮았다. 그동안 그게 그토록 힘들었다. 훨훨 날아가라. 너는 아름답고 당찬 것이 어울린다. 나는 너를 잃을 테니, 너는 너를 잃지 말고 살아라. 보고 싶은 마음에 의지하여 살 것이다. 부디 너는 아프지도 마라.

모든 건 기억 때문에

/////////////////////////////////

    모든 것은 기억 때문이겠지. 이유 모를 감정의 근원은 아마도 대부분이 기억일 것이다. 기억이 없다면 감정의 8할은 세상에서 사라질 것이다. 나를 힘들게 하는 것 또한 행복했던 기억 때문이다. 나를 행복하게 하는 것 또한 그 순간의 기억들 때문이다. 모든 것은 기억 때문이다. 기억 때문이다. 그래서 사람들은 잊고 싶은 것이다. 모든 것은 기억 때문이다.

무엇을 위한 행복이었는지

///

기어이 사랑이 끝이 나던 여름, 긴 장마였습니다. 그렇듯 나는 사랑에 실패했습니다. 한사코 인생을 다 걸었던 것 같은데, 돌아보면 결국 그것이 문제였던 것 같습니다. 무엇 하나에 가진 것을 다 걸면 다른 것이 잘 보이지 않습니다. 좋게 말하면 집중이고, 안 좋게 말하면 시야가 좁아지는 겁니다.

그때는 참 시야가 좁았습니다. 너무 멀리 보고만 있어서 가까이 있는 것들이 보이지 않았습니다. 목표만 보고 달렸습니다. 멀리 뚜렷한 목표가 있다는 것은 이럴 때 보면 참 무섭습니다. 앞만 보고 달려 나가면 곁에 있는 사람은 보이지 않았습니다. 당연히 있을 거라고 안심했는지도 모르겠습니다. 함께 행복하기 위해 달려가는데, 왜 그녀가 그때까지 반드시 내 곁에 있을 거라고만 생각했을까요. 사람마다 행복이 다른데 말입니다.

대부분의 남자는 이 부분을 간과하고, 대부분의 여자는 이 부분을 이해하지 못합니다. 서로 생각하는 행복이 달랐던 겁니다.

아무렴 괜찮다

마음이 아파도.
마음이 슬퍼도.
마음이 힘들어도.
그 마음이 어려워도.
아무렴 괜찮다.

잘 하고 있는 것이다.
어떤 감정이라도 느끼고 있다면 괜찮은 것이다.
아무렴 괜찮다.
애쓰지 않아도 좋다.
곧 괜찮아질 것이다.

그러니 이제 괜찮아지자는 생각을 마음에 담자.

울면 그만인 것을

//////////////////////////////////////

애써 견디는 것이 싫어 그냥 울었다. 슬픔이 올라오면 울면 그만인 것을, 울지 않으려 애쓰던 때에는 평소에 하지 않던 행동들이 필요하기까지 했다. 그 행동들은 상당히 어색하고 복잡했는데, 나는 슬픔보다 그 행동들이 더 슬프게 느껴졌다. 내가 애쓰는 것이 너도 아니고 나도 아닌 이 감정이라는 것이 싫었던 것이다.

그때부터 나는 곧잘 울었다. 구태여 눈물을 닦아 내지도 않았다. 나오는 웃음을 가로막지 않는 것과 같은 것이었다. 눈물은 그저 눈물일 뿐. 아무것도 아니니까.

그렇게 생각하니 더는 눈물이 슬프지 않았다. 적당히 해소가 되었다. 슬픔의 무게가 조금은 줄어든 것이었다.

꽃은 봄에 진다

/////////////////////////////

좋았던 기억에는 꽃이 피고, 나빴던 기억에는 꽃이 진다. 꽃은 봄에 피지만, 봄에 진다. 이렇듯 봄처럼 오고 감의 파고가 큰 계절이 있을까. 낙화와 낙엽의 차이. 이별과 작별의 차이. 다시 그리움과 외로움의 차이.

본디 꽃이 지는 것이 잎이 지는 것보다 아픈 법이다. 사실은 꽃이 지는 모습이 아픈 것이 아니라, 꽃은 결국 진다는 사실을 알게되는 것이 아픈 것이다. 지금 보고 있는 꽃이 곧 질 거라는 사실을 넘겨짚을 수 있기 때문이다.

한 번 아름다웠던 것은 영원히 기억에서 사라지지 않는 것처럼.

사랑의 종말, 이별의 선언

"지금까지 고마웠어."

어떤 마지막 순간에서도 나는 이런 말을 해본 적은 없다. 마지막이 오면 표현하기보다는 감정을 감추기 바빴던 거 같다. 그게 내 표현 방식이었다. 마지막에 남는 모습이 슬픔에 젖은 표정이 아니기를 바랐다. 마지막에 그렇게 펑펑 울었던 이유도 마지막이라는 것을 몰랐기 때문이다.

그날 너는 내게 말했다.

"지금까지 고마웠어."
"나를 많이 사랑해줘서 고마웠어."

사랑에 마침표를 찍는 말이었다.

이 슬픔을 어찌해야 할까

//

소리라도 지르면 마음이 편할까 싶었지만, 매일을 반복해서 오고 가는 길에는 소리를 지를 만한 마땅한 장소도 없었다. 집에는 온갖 걱정이 가득한 시선이 넘치고 있었고, 회사 옥상에는 담배 연기가 온 하늘을 뒤덮고 있었다. 산도 바다도 도움이 될 것 같지는 않았다.

나는 단순히 사람이 없는 곳이 필요했다. 이 슬픔을 입 밖으로 토해내고 싶었다. 눈은 이미 닳고 닳아 눈물을 견디기 버거웠다. 처음에는 따가웠던 눈두덩이도 굳은살이 생긴 듯 딱딱하게 굳어 있었다. 그저 크게 한 번 소리 지르고 싶었다. 크게 한 번 불러 보고 싶었다.

튀어나오는 것이 네 이름이든 욕이든 그 무엇이든 나는 슬픔을 토하고 싶었다.

읊조리게 되는 기억

가던 길을 멈추고 방향을 바꾼다.

하필 뒤로 돌아선다.

그 길을 걷는다.

기억을 걷는다.

계속 걷는다.

가다 보면 때마다 우뚝 솟는 순간들이 있다.

그 기억을 순전히 입에 담는다.

애써 손으로 옮겨 적는다.

읊조린다.

기억을 잃기를 바라며.

잊기를 바라며.

입술에 얹는다.

'보고 싶다.'

기억에 담는다.

슬픔에 대하여 애쓰지 말 것

///

수영을 못하면 물에 빠져 죽는 것처럼, 슬픔을 다룰 줄 모르면 슬픔에 빠져 죽는 것이다. 인간은 기본적으로 부력이 있어서 힘을 빼고 가만히 있으면 물에 뜬다. 수영을 못하는 사람이 물에 빠지면 익사하는 이유는 수영을 못하는 두려움 때문에, 온몸에 힘을 주고 발버둥 치기 때문이다. 그 살고자 하는 마음에 가라앉는 것이다.

확실히 마음은 몸의 무게보다 무겁다. 가라앉을 때는 가만히 숨을 참고 몸에 힘을 뺀다. 그리고 다시 위로 떠오른다.

슬픔도 마찬가지다. 슬픔에 허우적거리면, 슬픔은 더 깊어져 헤어 나올 수 없다. 이 정도 슬픔에 내가 무엇을 해야 하는지 어떻게 시간을 보내야 하는지 조금이라도 알 수 있다면, 슬픔은 그저 슬픔일 뿐이다.

어느 날의 기억이 될 하나의 감정, 조금 아팠던 감정, 그것이 슬픔이다.

슬픔은 떠나보내되 슬픔이 떠나던 날의 내 모습을 기억하길
바란다.

.

나는 특별하지 않다

//////////////////////////////////

지금 느끼는 감정들에 대해 무조건 걱정할 필요는 없다. 걱정할 것도 없다. 다들 그렇게 사니까. 슬픔은 감추고 행복은 과장하면서.

서른에 이르러서는 늘 비슷했던 것 같다. 가끔 오는 연락의 대부분은 듣기 좋은 소식이 아니라, 보기 좋은 소식이었다. 나이가 들어갈수록 내 소식은 나만 아는 것이었고, 나한테만 중요한 것이었다. 그런데도 주변의 소식은 거리낌 없이 나한테까지 밀려 들어온다.

취업을 하고, 결혼을 하고, 차를 사고, 집을 사고, 아이가 생긴다. 모든 것이 눈에 보이는 소식이었다. 이상하게 나는 이런 괜찮아 보이는 소식들로부터 동기부여를 얻지는 못했다. 부럽다는 생각도 들지 않았다. 자만이었을까, 안일했던 것일까. 그것도 아니면 착각과 태만이었을까. 사실은 확신이었을 것이다. 나는 잘하고 있으니 아무것도 아니라고.

소식은 그저 한 장면일 뿐이다. 수많은 날에 대한 하나의 장면일 뿐이다. 그리고 눈에 보이는 한 장면은 보통 그 사람의 최선일 가능성이 높다. 우리는 그 사람의 최선과 내 일상을 비교하는 것이다. 적당한 비교가 되지 못한다.

비슷한 환경에서는 비슷한 사연이 자란다. 그리고 우리는 대부분 비슷한 환경에서 비슷하게 자란다. 내가 감추는 슬픔도 어딘가에서는 똑같이 자라고 있을 것이다. 비슷한 행복도 자라고 있을 것이다. 그러니 걱정할 것 없다. 나는 특별한 사람이 아닐 것이다.

온데간데없는 감정들

처음부터 폭풍처럼 밀려오는 감정과 시간에 따라 점점 고조되는 감정의 차이는 대부분 그 끝에 있다. 먼바다에서 오는 파도 한 겹이 감정이라면, 도대체 이 바다에는 얼마나 많은 감정이 쉬지 않고 넘실대는 걸까. 나는 얼마나 넓은 바다를 품고 사는 걸까. 한참을 일렁이고 나서야 바다의 끝에서 부서지는 감정은 결국 다시 바다로 돌아간다.

그 감정은 사라지는 것일까.
언젠가 다시 오는 것일까.

그렇다면 바다의 끝에서 부서진 것은 무엇이었을까.

내키지 않는 환승지

사람들은 늘 내가 서 있는 곳에 왔다. 그리고 갔다. 그것은 아마도 내가 여정의 끝에 서 있던 것이 아니라, 어느 길목의 중간쯤에 서 있었기 때문일 것이다.

나는 종착지가 아니라, 환승지였던 것일까. 때마다 나는 그로부터 실망이 아니라, 섭섭함을 느낀다. 실망에 이르지 못한 섭섭함이란 결국, 약간의 기대가 주는 사소한 좌절감이 아니었을까.

오고 가는 것이 이제 지겨워졌다. 와서 머물면 좋겠다는 생각을 갖지만, 어쩐지 네가 아닌 머무름은 아직도 내키지가 않는다. 다른 사람이 눈에 들어오지 않는다.

다른 사람을 사랑하지는 않을 것이다.

특별한 날에 특별한 감정이

//

2014년 11월 29일에는 신사동 가로수 길에 눈이 내렸고, 2017년 8월 16일에는 마포구 서교동에 비가 내렸다. 특별한 날의 기억은 사소한 것까지 색이 진하게 남는다. 그러한 기억이 무의식을 자극해서 눈이 내리면 행복해지고, 비가 내리면 슬퍼지는 것이다.

생각하는 것은 똑같은데 생각하는 마음은 다르다. 네 생각 하나로 내 감정은 몸살을 앓는다. 특별한 날 앞에 서면 나는 아직도 서툰 마음을 어쩌지 못한다. 적어도 앞뒤로 일주일은 족히 무너져 있다.

특별한 날에 특별한 감정을 느끼는 것은, 어쩔 수 없는 일이다.

감정의 전이

/////////////////////

좁게만 느껴졌던 내 방에 그날은 세 사람이 둘러앉아 있었다.

침묵을 뚫고 아버지는 말씀하신다. 사내놈이 눈물이 그렇게 많아서 이 험한 세상을 어떻게 살 것이냐고. 그때도 나는 울고 있었다. 대학 입시에 실패했던 해의 겨울이었다. 어머니는 아무 말씀 없이 내 손을 잡으셨다. 잡으신 손의 체온을 보면 어머니도 분명 울고 계셨다. 그리고는 말씀하셨다. 이렇게 눈물이 많은 아들로 낳아서 미안하다고.

나는 그때부터 울지 않으려고 노력했던 거 같다. 그 말이 감정의 한 가운데 맺힌 것이다. 감정을 삼키기 시작했다. 내 눈물로부터 시작되는 소중한 사람들의 감정이 무엇보다 아팠던 것이다.

Part2.

늘어만 가는 감정의 시간

미움이 생기는 것이 싫다

//////////////////////////////////

2021년의 어느 날, 겨울인지 봄인지 구분도 되지 않던 그런 날이 있었다. 처음으로 좋지 않은 생각을 했다. 불안함이 기어이 확신에 이른 것이다. 결국 이렇게 끝인가. 나만 혼자 애쓴 시간이었구나. 내가 돌아갈 곳은 처음부터 있지도 않았구나.

그날 내가 저지른 생각과 감정에 대한 거북함을 잊지 못한다. 내 감정을 정당화하기 위해 고작 내 슬픔과 그리움 따위를 지키고자, 세상 소중한 것에 대해 아끼고 아낀 애틋함에 대해 한 번도 가진 적 없는 마음을 두었다.

미움이었다. 미움이 생기고 있던 것이다. 혼란스러움이 내 몸에 흩어진 모든 세포를 일깨웠다. 수년의 기억이 고작 몇 초의 감정에 밀려 들어오는 기분이었다. 미움에 내가 마음을 연 것이, 미움이 내게 들어앉는 것이 정말 고통스러웠다.

고통스러웠다. 눈물이 하염없이 떠올랐다. 그 눈물로도 그 미움을 지우지 못했다. 보고 싶은 사람을 애써 미워하며, 이렇게까지 해서 잊어야 하나 싶었다. 사랑이고, 이별이고, 그리움이고, 슬픔이고, 그저 나는 너를 미워하는 마음이 생기는 것이 싫었다. 나는 그저 네가 좋았고, 너를 미워하는 것이 싫었다.

여러 감정을 한데 엮는 것을 그만두기로 했다. 각각의 감정을 떨어뜨렸다. 감정에 구분을 두기 시작했다. 마음이 편해졌다. 편해진 마음으로 감정을 정리했다. 미움이 모두 사라졌다. 다행이었다.

죄책감의 책임

/////////////////////////

참 좋은 사람을 사랑했습니다. 그래서 내가 더 미웠습니다. 나만 잘했으면 이뤄질 사랑이었으니까요. 나만 잘했으면 행복했을 사랑이었으니까요. 그것은 분명한 일이었습니다.

눈물을 쏟습니다. 눈물이 많은 내가 눈물을 쏟습니다. 오늘은 평소보다 그 깊이가 깊게 패입니다. 그리고 눈물을 또 쏟습니다. 한 번 울어본 적도 없는 그 사람이, 우는 방법조차 몰랐던 그 사람이 눈물을 쏟습니다. 그 모습을 잊고자 한다면, 나는 인간도 아닐 겁니다. 그것이야말로 이기적인 마음일 겁니다.

죄책감을 갖고 삽니다. 이 또한 나를 위한 마음입니다. 그래서 나는 괜찮습니다.

너무 오래 걸린 이별

힘든 것도 지겨웠고, 슬픈 것도 지겨웠다. 뭐든 내가 조금이라도 묻어있다면, 모든 것에서 작별을 말하고 싶었다. 그러나 그만둬야겠다는 마음가짐은 그저 투정이다. 지금의 상황을 벗고자 한다면, 정확한 이별을 고해야 한다. 이것이 이별이라는 것을 인식해야 한다. 죽어라 힘든데 몇 번은 죽었을지도 모르는 슬픔까지 견디고 있다면, 지금 그 삶은 행복은 아닐 것이다.

우리는 행복하지는 못하더라도 불행하지 않을 기회는 모두 갖고 있다. 확실한 이별이었다면 지금 행복하지는 못하더라도, 그땐 참 불행했다는 생각을 할 일은 없을 것이다.

내게는 그 힘들고 슬픈 것이 이별이었다. 이별로부터 오는 감정이란 감정은 빠짐없이 느꼈다. 이해 못 할 감정들까지 모두 느꼈다.

이별은 재회가 아니라면 더 나아질 것이 없다. 그러니 아무것도 남기지 말아야 한다. 희망은 곧 끝없는 슬픔의 감정을 주고 간다. 내가 오래 힘들었던 이유는 슬픔의 감정이 오고는 다시 가지 않았기 때문이다.

이별이 너무 오래 걸렸다.

보고 싶은 이유

//////////////////////////

"작가님, 이별했는데 헤어졌는데 왜 보고 싶을까요?"

너무 쉬운 질문이다. 사랑이 끝난 것이 아니라, 관계가 끝이 난 것이다. 관계의 종말과 함께 사랑까지 동시에 끝났다면 진정한 사랑을 한 것이 아니다. 사랑을 채울 관계가 필요했던 것이다. 사랑으로부터 이어진 관계가 아니라, 관계로부터 뻗어나간 사랑이었을 것이다. 그리고 그 사랑의 대부분은 보통의 사랑이 아니다.

그리움을 애써 외면하고, 삶 전체를 망가뜨려서는 안 된다. 당신이 최선을 다해 사랑했음을 당신의 마음이 알려주는 것이다. 자기보호 본능이다. 괜찮다고, 괜찮다고. 열심히 사랑하느라 고생했다고. 다독여 주는 것이다. 끝난 건 사랑이 아니라 관계였으니까, 보고 싶을 수밖에 없다.

어쩔 수 없는 일이다. 이별이 힘든 사람이 이상한 것이 아니라, 이별이 괜찮은 사람이 이상한 것이다. 부디 그리움이 주는 현실에 병들지 않았으면 좋겠다.

집착, 참 섭섭한 표현이다

//

무언가에 마음을 다해 감정을 지속하는데, 누군가는 그 마음에 대해 하찮은 말을 얹는다.

"이제 그만 좀 집착해. 이미 끝난 사랑을 그렇게 그리워하면 뭐 할 건데? 그런다고 그 사람이 돌아오는 것도 아니잖아? 그 거 집착이야."

집착이라, 참 섭섭하고도 서운한 표현이다. 나는 아무것도 바라는 것 없이 그저 다 쓰지 못한 마음을 어찌하지 못하고 흩날리기 위해 애를 쓰며 참는데, 고작 이 마음에 대한 애씀의 표현이 집착이란다. 그 표현이 너무 딱딱하고 무섭다. 이 마음이 그 사람에게 해를 가하는 것도 아닌데, 어찌 그렇게 마음을 비약할까.

욕심이 과하면 집착이 된다는데, 이게 지금 내가 욕심을 부린 건가 싶었다. 내 마음을 해소하기 위해 내 시간을 내가 가진 모든 것을 소모하고 있는데, 왜 그만두게 할까. 그것은 나를 위해 하는 말이 아니다. 나를 위하는 것이 무엇인지 나는 말 한 적도 없다. 나는 그저 나 혼자 조용히 애쓰지 않아도 되는 순간을 기다리고 있을 뿐이다.

나만 혼자 아득히 간직한 마음이 집착이 되어 불리는 것이 참으로 섭섭하다.

오해

//////

내가 쓰는 글은 모두 내 관점에서 쓰인 것이며, 내 감정에만 의존하여 표현한 것이다. 어느 날의 미안함도, 억울함도 그리움도 모두 내 시선에서 쓰인 것이다. 때문에 SNS에 올린 글에 대한 사람들의 반응은 대부분이 나를 위한 것이다.

나를 걱정하거나
나를 위하거나
나를 위로하거나

모두 그 방향이 나를 위한 것이다.

이런 연유로 사람들은 나를 좋은 사람으로 오해한다. 떠난 사람이 그녀이고, 남은 사람이 나이기 때문이다. 보통은 떠난 사람은 매정하고, 남은 사람은 안쓰러운 그런 편견 때문일 것이다. 그러나 틀렸다. 사실은 내가 나쁘고 그녀가 좋은 사람이다.

어쩌면 내가 나 스스로 나를 보호하고 있는 것은 아닌가 걱정이 들 때도 있다. 글이라는 것은 고작 표현의 하나이고, 모든 표현은 감정의 일부일 뿐이다. 그저 하나의 조각인 것이다. 어느 하나를 보고 넘겨짚는 것을 나는 경멸한다. 나는 한 번도 힘들었던 이야기를 한 적이 없는데, 너는 행복하기만 했구나. 나는 좋았던 이야기는 한 적이 없는데, 네 인생은 왜 그 모양이냐. 모든 판단의 기준을 자신에게 가져가는 사람을 싫어한다. 내가 아무리 그 사람에 대해 잘 알아도, 그 사람보다 그 사람을 잘 알 수는 없다. 누구도 가진 것의 전부를 품은 것의 전부를 꺼내 놓지 않으니 말이다.

함부로 무언가에 대해 단정 지어서는 안 된다. 생각에 확신을 가져서도 안 된다. 그게 더 좋은 사람이 되는 길이고, 나를 더 품격 있는 사람으로 만드는 방법이다.

삶이 다른데 어찌 슬픔이 같을까

가벼운 이별을 여러 번 하는 사람이 있고, 평생에 한두 번 큰 이별을 하는 사람이 있다. 이들의 이별이 갖는 무게가 과연 같을 까. 다르다면 얼마나 다를까.

세상의 모든 감정의 잣대는 절대적인 것이 아니라 상대적인 것이다. 하지만 감정이라는 것은 가히 절대적인 것이다. 행복을 정의할 수는 있으나 여전히 그 방법이 다르며, 행복을 표현할 수 는 있으나, 그 표현이 사람마다 다르다. 행복. 기쁨. 슬픔. 이런 단 어들은 결국 우리가 소통을 편하게 하기 위해 만들어놓은 사회 적인 약속일뿐이다. 결국 그 범위가 아주 크다고 할 수 있다.

중요한 것은 무엇이 슬픈지, 왜 슬픈지가 아니라. 그 슬픔은 어 떤 슬픔이었고, 어떻게 슬펐는지이다. 우리는 그 차이를 알아야 한다.

이것은 사고의 문제인데, 이해시키고 설명해야 하는 사회의 특성상 갖기 어려운 문제이다. 중요한 것은 '어떻게'이다. 어떤 슬픔을 갖고 사는지. 그 슬픔은 어떻게 느껴지는지 표현할 수 있다면, 그렇게 외롭지만은 않은 날들일 것이다.

어떤 운명 같은 슬픔이 내게 몰아친다고 해도 말이다.

그리움에서의 해방

/////////////////////////////////

잊고 싶은 날보다, 보고 싶은 날이 더 많았다. 어쩌면 이렇게 사는 것이 당연했다. 나는 과정보다는 결과를 중요하게 말하는 사람이다. 그러나 결과보다 과정이 더 중요하다고 마음으로 느끼는 사람이다. 전자는 사회적인 것이고, 후자는 내 근본이고 천성이다. 보고 싶은 마음이 짙어지는 것은 잊히는 속도보다 생각나는 속도가 빠르기 때문이다. 단순히 산술적으로 계산을 해봐도 보고 싶은 날보다 잊고 싶은 날이 하루라도 많아야, 시간이 지나면 잊히는 쪽으로 바뀌어 갈 것이 아닌가.

그런데 잊고 싶은 마음을 아홉 번 가져도 보고 싶다는 마음 한 번에 모두 물거품이 되니, 어쩌면 처음부터 잊는 것이란 불가능했다. 지금의 살아내고 있는 삶이 당연했던 것이다. 그렇다면 내가 할 것은 잊으려 애쓰는 것이 아니라, 잊을 수 없다면 잊지 않고도 살 수 있는 방법을 모색하는 것이었다. 그리고 나는 적당한 때에 그것을 찾았다.

지금의 삶이 더는 힘들지 않은 것은 가벼워진 그리움의 무게 때문이다. 이상하게도 어떤 감정에 대한 깨달음을 느꼈을 때는 왜인지 물리학적인 발상이 도움이 됐다. 무거운 것은 무게를 줄이면 가벼워진다.

그리움의 무게를 줄였다. 가볍다. 누군가는 감정의 무게를 어떻게 측정하고 어떻게 줄이냐고 반문하겠지만, 알 것이다. 그리움에 빠졌던 사람이라면 알 것이다. 나는 그리움에 빠졌던 사람이었고, 허우적거리며 헤엄치던 사람이었고, 지금은 둥둥 떠다니는 사람이다. 가끔은 높은 파도가 오면 깊게 가라앉기도 하며, 햇살이 필요할 때는 그리움 밖으로 높이 뛰어오르기도 한다. 한때 슬픔의 주체가 되었던 행복했던 기억들이 다시 행복해진다.

눈물로 가득 찬 공허

/////////////////////////////

울다 지치면 쓰러져 잠들 것이라는 것은 그래본 일이 없는 사람들의 착각이다. 눈물로 지샌 새벽이면 끝내 창밖을 멍하게 쳐다보거나 천장을 올려다본다. 꿈에서 깨고 싶은 것이다.

공허는 눈물로 가득 찼던 마음에 눈물이 모두 빠져나가면서 일어난다. 감정이 소멸하는 것이다. 그때는 눈에 담기는 모든 피사체가 그저 공간이 된다. 눈물은 기대한 것 이상으로 계속해서 양쪽으로 흘러내리고, 공허는 또 다른 공허를 불러일으킨다.

내가 기억하는 대부분의 심장 소리는 이때 들어선 것이다. 쿵쿵, 쿵쿵, 쿵쿵, 쿵쿵. 속도가 아무리 빨라져도 들려오는 소리는 규칙적이다. 듣기 참 무서운 소리다. 가득 찬 것 같으면서도 텅 빈 마음. 그것이 공허였다.

담배

//////////

담벼락 아래 무릎을 굽히고 쭈그려 앉아

한 손에는 전화를 들고

담배를 입에 물고

바닥에 침을 뱉고

그 얼굴을 하고서는 무슨 마음을 비우는 것일까

그래도 나는 담배는 끝내 손에 대지 않았다.

그 모습들이 슬퍼 보였던 적이 없기 때문이다.

못된 마음

//////////////

잃다 잃다 마음까지 잃게 되면, 그제야 보통의 마음이 나온다. 시기와 질투, 미움 등의 못된 마음 말이다.

내가 이루지 못한 것을 이루고 있는 사람들의 소식을 지켜보는 것이 힘들었다. 결혼을 알리는 연락, 메신저에 가득한 아기 사진, 또 다른 어떤 행복들까지. 비참했다.

부러운 마음이었다면, 차라리 괜찮았을까. 평생 느껴본 적 없는 사람을 미워하는 마음을 내가 가지고 있었다는 것에 나는 큰 충격을 받았다. 그날부터 모든 연락처를 지우기 시작했다. 지금 내 메신저에 있는 연락처는 50여 명이 조금 넘는 수준이고, 그중에 일과 관련되지 않은 사람은 10명이 채 되지 못한다.

내가 끊은 것은 관계가 아니라 관계로부터 파생되는 눈에 보이는 것들이었다. 알고 싶지 않지만 알게 되는 그런 것들이었다.

눈에 보이지 않으면 정말 괜찮아진다. 사실이다.

진짜 친구란

//////////////////////////

노력해야 지속되는 관계는 이미 그 시작에서부터, 나사가 하나 빠진 의자를 조립하는 것과 같다. 세상에 완벽한 관계는 없다지만, 완벽하지 않은 관계는 결국은 완벽하지 않은 법이다. 그리고 그 빈틈을 대신 채우는 것이 노력이다. 노력이 없다면 결국 끝날 관계라는 것이다.

나는 이 노력조차 필요 없는 관계를 진정한 친구라고 생각한다. 애쓰지 않아도 마음 가는 것이 서로 아귀가 맞는 것. 내가 살며 만든 친구가 아니라, 처음부터 친구였던 그런 친구 말이다.

있는 그대로의 모습을 보여도 상관없는 사람이 진짜 친구라는 것을 나이가 들어서야 알게 된다.

심장이 바닥에 닿았다

//

축구나 농구를 할 때 점프 후에 높은 곳에서 등으로 떨어지면, 숨이 턱 막히면서 심장이 시린 느낌을 대부분의 남자들을 알 것이다. 그 고통의 원인은 바닥에 심장이 거의 닿았기 때문이다. 충격을 흡수할 두께가 기껏해야 손가락 한두 마디였을 테니까.

이와 비슷한 고통을 느끼던 때가 있었다. 퇴근 후에 술을 마시고 불 꺼진 방에 누워만 있었다. 천장을 바라보며 누워만 있었다. 심장이 늘 바닥에 닿아있던 것이다. 심장이 바닥을 치고 다시 내 몸에 올라오는 진동은 슬픔을 더하게 했다. 나아질 길이 없던 것이다.

사람은 심장을 곧 마음을 바닥에서 멀리 떨어뜨려야 한다. 뭐든 해야 한다. 이것은 변하지 않는 처방일 것이다. 누워있지 말고, 앉아 있지 말고, 걷기를 바란다. 달리기를 바란다.

마지막 감정

///////////////////////

영원히 끔찍한 기억은 아니기를 바라며 읊조리던 마음들은 언젠가부터 장미에 돋친 가시 같은 습관이었다. 가시처럼 박힌 버릇이었다.

가시가 없는 장미는 더는 장미가 아니다. 나에게 너도 그랬다. 어느 기억에는 아직도 벚꽃이 흩날리고, 어떤 기억에는 아직도 폭풍우가 몰아친다. 내가 상처를 입혔던 순간들도, 그 상처에 내가 상처를 입던 순간들도 어느덧 세월에 흔들거린다.

그러나 달라지는 것은 없다. 상처도 기억도 달라져봐야 늘 원래대로 돌아온다는 것을 이제 너무나 잘 안다. 더는 달라지는 것을 바라지도 않는다. 기대하지 않는다. 다만 부디 그 기억들이 영원히 그대로 남아 끝까지 울게 하지는 않았으면 좋겠다.

마지막으로 표현하는 감정이 후회나 슬픔 따위의 감정은 아니었으면 좋겠다.

마지막 순간에는 모든 슬픔에서 네가 사라져 있기를 바란다.

마지막에는 웃는 얼굴을 가져가고 싶다.

옥수동

//////////

지금으로부터 25년쯤 됐을까. 옥수동의 오래된 한옥 기와에 앉아 내려보던 서울의 풍경은 잊을 수 없는 추억이다. 지금은 완연한 아파트 단지로 변한 옥수동은 내가 아직 고등학생이었을 때만 해도 오래된 주택이 밀집해 있는 속된 말로 달동네였다.

어려서부터 아파트에 살던 나는 한옥이나 주택이 좋았다. 그래서인지 이모네 댁이 있던 옥수동에 가면 늘 옥상에 올라가 한참을 혼자 기와에 앉아 있고는 했다. 14층에서 내려다보던 풍경과는 그 깊이부터 달랐다. 따지고 보면 이 옥상이 14층 보다 높았을 것이다. 적당히 높은 곳에서 넓게 퍼진 동네를 보고 있으면, 꾹꾹 누르고 있던 마음이 펴지는 느낌이었다. 고작해야 열 살쯤 됐을 내가 왜 그런 생각을 하고 있었는지, 지금 생각하면 실소가 나온다.

나는 그곳이 좋았다. 그 장면이 좋았다. 높은 동네의 옥상 기와에서 내려다보는 동네의 모습은 장관이었다. 집집마다 불이 하나씩 켜지는 것을 보다가 달이 오르는 것을 보는 것도 즐거운 일이었다. 내려와서 밥을 먹으라는 말도 무시하고 오랜 시간을 머물렀다. 가끔은 달빛에 반사되는 기와의 숫자를 세어 보기도 했고, 집채를 세어 보기도 했다. 그때만 해도 서울 하늘에는 적당히 별이 반짝였다. 달빛은 말할 것도 없었다.

하지만 지금은 어디에서도 그 모습을 찾을 수 없다. 오직 어렸던 내 기억 속에만 남아 있다. 그리운 기억이다.

엄마는 허망하다

///////////////////////////////

몸이 늙어가도 마음이 늙지 않으면 행복하다고 한다. 최근에 어머니 입에 자주 오르는 표현이 있다.

"허망하다."

허망이라는 단어가 오를 때마다 지나온 시간과 남은 시간이 바다와 바람처럼 두 개의 다른 세계가 충돌하는 기분이다. 그 단어가 주는 파도의 무게가 얼마나 무거운지, 마음에서 꺼낼 때 목 주변의 떨림이 볼까지 미치는 것이 눈에 보인다.

지금 내 나이였던 어머니의 모습을 나는 기억한다. 그만큼 우리는 함께 오래 살았고, 어머니는 나이를 많이 드셨다. 100세 시대라는 말이 나는 위로가 되지 않는다. 자꾸 줄어든다. 결혼을 앞두었을 때는 현실적으로 함께 사는 시간이 1년 남짓이겠구나 하는 생각에 깊은 슬픔에 빠지기도 했다.

부모의 허망은 자식에게도 책임이 있다. 마음은 마음으로 채워야 하는 것이다. 살아온 날이 가득해도 가버린 것에 대한 허망은 어쩔 수 없다. 나는 그 마음을 채워드리지 못했다. 이런 깊은 이야기를 사소하게 나눌 때 어딘가를 응시하는 엄마의 옅은 시선은 내 눈으로는 도저히 받치고 있기 어렵다.

가끔 넘겨짚어 아주 먼 곳까지 뻗치는 내 감정과 생각이 나는 두렵고 버겁다.

내 의지를 벗어난 일

//////////////////////////////////////

적당히 애쓰고 받아들이면 된다. 한강이 어는 날에는 내 눈물도 얼었고, 바다가 어는 날에는 내 기억들도 얼었다. 영하의 온도가 되면 강이 얼고, 온도가 더 내려가면 바다도 언다. 흐르지 않고 머물러 있는 것이 먼저 얼고, 흐르는 것은 그 다음에 언다. 제아무리 바다라 한들 얼어야 할 날씨에는 어는 법이다. 파도조차 쉬어 가는 날이 있는 법이다. 바다도 숨을 거두는 날이 있는 법이다.

내 의지를 벗어난 일에 대해서는 책임을 느낄 필요도 애쓸 이유도 없다. 그냥 그렇게 되는 것이다.

정해진 이치에 토를 다는 것은 삶을 고단하게 만든다.

다시 웃고 싶어졌다

아주 어렸을 적의 사진을 보면 나는 정말 예쁘게 웃고 있다. 어머니도 말씀하시기를 유년 시절의 나는 웃음이 참 많았다고 한다. 어찌나 예쁘고 환하게 웃었던지 사람들이 모두 쳐다봤다고 한다. 유년 시절의 대부분의 사진이 그렇다.

그 웃음은 딱 유치원 때까지였을 것이다. 그 후로는 웃고 있는 사진을 찾기가 어렵다. 이유가 무엇이었을까. 유년 시절에는 웃음이 많았으니, 타고나기를 웃음 없이 태어난 것은 아니었을 것이다. 결국은 어떤 환경적인 요소가 작용했다는 것이다.

한때는 그렇게 생각한 적도 있다. 내가 갖고 태어난 웃음을 어려서 다 써버린 것은 아닐까. 그때 웃음은 모두 어디로 간 것일까. 쉽게 웃지 못하는 내가 가끔은 안쓰럽다. 나는 다시 웃고 싶어진다.

네 옆에서 그랬던 것처럼.

사라지는 기억의 겉모습

//

비가 내리면 빠뜨리지 않고 가는 곳이 있다. 망원역 2번 출구 앞 T 커피 전문점. 너무나도 익숙하게 창가에 앉아 차갑게 식은 얼그레이 한 잔을 마신다.

오랜만에 그곳을 찾았다. 카페가 없어지고 병원이 들어서 있다. 그동안 비가 내리지 않은 것일까, 아니면 내가 애를 쓰고 있던 것일까. 결과적으로 그곳에서의 추억은 이제 형태도 없이 내가 생각해야만 기억나는 것이 되었다.

그런 장소들이 늘어 간다. 소중했던 곳들이 문을 닫고 사라진다. 형태가 없는 기억은 늘 불안하다. 눈에서 멀어지면 마음도 떠나는 것과 같다. 추억은 자꾸만 줄어가고, 기억은 슬픔으로 물든다. 보고 싶은 사람은 한 명인데, 그리움은 자꾸 커져만 간다.

오늘은 또 어느 날의 추억이 사라졌을까.

교토

//////

사람이 그리움이 되고, 그 그리움이 마음에 틀어박히는 것이 쓸쓸했다. 벚꽃을 생각하면 눈물이 나고, 프리지어를 생각하면 웃음이 나온다. 같은 사람을 놓고 생각을 두어도, 생각하는 대상에 따라 이렇듯 감정이 다르게 전해져 온다.

하얀 벚꽃 잎이 기어이 까맣게 물들던 날. 나는 그제야 비로소 너의 계절이 끝났음을 알 수 있었다. 서울에 핀 벚꽃을 더는 볼 자신이 없어, 그 즈음의 봄이면 교토에 다녀온다. 그곳에는 너는 없고 우리만 있다.

기억은 내가 갖고 살기에 내가 가는 곳에는 항상 우리가 있다.

쓸쓸함이 외로움으로, 외로움이 그리움으로 다시 바뀌는 순간이다.

죽어가는 나무와 지새운 겨울

제주도에 내려가기 전 서울에 작업실 겸 작은 북카페를 먼저 차렸다. 광진구 중곡동의 주택가에 위치한 이곳은 처음 봤을 때부터 마음에 들었는데, 매장 안에 3미터 정도 되는 커다란 나무가 있었기 때문이다. 회색 시멘트와 하얀 석고보드에 둘러싸인 샛초록의 이 나무를 보고 한순간에 여기다 싶었다. 나는 안전제일의 선택주의자인데, 반면에 첫눈에 반한 것은 반드시 하고야 마는 고집이 있기도 하다.

부동산에 연락하기 전에 먼저 가서 눈으로 확인을 했다. 사진으로 봤을 때보다 좋았다. 문 앞에 붙어 있는 연락처로 바로 전화를 했다. 계약을 이미 했다고 한다. 너무 아쉬운 마음에 혹시라도 계약이 잘못되면 바로 연락을 달라고 했다. 그리고 일주일 후에 연락이 왔다. 곧장 가서 계약을 했다.

중곡동은 군자에 위치해 있는데 나는 이쪽에 와본 적이 없었다. 일자로 쭈욱 늘어진 골목은 오래된 거리의 느낌을 주어 마음에 들었다. 내가 하고자 하는 분위기와 잘 어울렸다. 참 조용한 동네다. 높은 천장과 위로 보이는 하늘 매장 안의 눈앞의 큰 나무를 보고 있는 것만으로도 마음이 편안해졌다. 마음을, 평온을 위한 일이었기에 만족스러웠다. 그렇게 한 달이 지났을 무렵, 나무가 색깔이 변하기 시작했다. 나뭇가지도 앙상해지는 느낌이었다. 때는 8월이었는데 한창 풍성했어야 할 시기였다. 어머니는 나무를 보시고는 나무가 죽었다고 하셨다. 나는 바로 건물주에게 연락을 했고, 그쪽에서는 조경의 문제로 나무가 죽은 거 같다고 했다. 그렇게 미뤄 미뤄 봄까지 기다리기로 했고, 나는 샛초록이었던 그 나무가 죽어가는 것을 겨우내 함께 했다. 반년이 지났다. 지금은 완벽한 갈색의 앙상하고 얇은, 손으로 건드리면 부스러지는 바짝 건조한 상태가 되어있다. 그러나 나는 아직 살아있다고 믿는다. 바닥에 떨어진 나뭇가지들이며 잎이며 일부러 치우지 않았다. 모두 그대로 두었다. 정이 든 모양이다.

　죽어가는 것이 나를 위로하기 위해 끝까지 애썼는지도 모르겠다.

그리움으로부터 공허까지

추억은 모든 것에 대해 그 색깔이 아름다웠고, 기억은 세상의 모든 색채를 잃은 듯했다. 추억의 어느 공간 어느 시간에 떠 있는 나도. 색채를 모두 잃어 흑백의 사진이 되어버린 장면의 나도. 모두 내 등 뒤에 선 순간들이었다.

돌아보면 그리운 것이 한 번 더 돌아보면 외로워진다. 그리고 그리움과 외로움이 반복되면 어느 순간 쓸쓸함이 가까이 와있었다.

외로움이 바다 멀리 수평선을 바라보는 것이었다면, 쓸쓸함은 파도가 몰려오는 것을 기다리는 것이다.

그리고 기어이 바다가 멈추는 것이 바로 공허함이다.

의도적 방관자가 된 어른

의지와는 상관없이 무언가에 휩쓸리는 것이 싫다. 과거에 휩쓸렸던 일들의 끝이 모두 기대와 달랐기 때문이다. 도움을 줘야 할 때와 도움을 주지 않을 때의 기준이 생겨버린 것이다.

반드시 내가 나서야 할 때가 아니고는 나는 나서지 않는다. 주변에 사람이 많다면 특히 그렇다. 선뜻 나서 마음을 다하여 누구보다 먼저 도움을 주던 아이는, 소년은, 청년은. 서른이 넘어 방관자가 되었다.

그러나 지금의 모습을 후회하지 않는다. 내가 건네었던 손을 거둘 때마다 아팠던 것들이 너무 깊게 박혔다. 아픔은 치유되는 듯해 보이나, 기억은 끝내 잊히지 않는다. 그 모든 잔상들이 결국, 지금은 다른 곳에 마음을 두지 않는 까닭이 되었다.

기대 이상의 해방감

세상에서 멀어지고 싶을 때는 가끔 핸드폰을 집에 두고 나온다. 불편함이 곧이어 오지만, 동시에 해방감도 함께 온다. 처음에는 어색했으나, 이 행위는 기대 이상으로 매력이 있다.

내 핸드폰은 살며 한번도 꺼진 적이 없다. 배터리도 나가 본 적이 없다. 일종의 결벽이었다. 허나, 한번도 내 핸드폰은 급박한 소식을 가져온 적이 없다. 그런데 나는 왜 그 불안감을 갖고 살았을까.

핸드폰 없이 외출했을 때 불편한 것은 두 가지다. 떠오른 심상을 메모장에 적지 못하는 것과 기록으로 남기고 싶은 풍경을 사진에 담지 못하는 것. 그것을 빼면 모든 것이 좋았다. 지금 느끼는 해방감에 비할 바가 못 되었다.

너무 당연해서 생각조차 못 해본 일을 실행함으로써 잠깐씩 자유로워지는 것이 좋다. 여행을 좋아하거나 필요한 사람이라면, 이 해방감에 공감하지 않을까 싶다.

상실의 시대

/////////////////////

고등학교 때 우연히 소설책 한 권을 읽은 적이 있는데, 무라카미 하루키의 『상실의 시대』였다. 소설을 좋아하지 않는 내게 제목 외에 그 책에 대한 기억이 있을 리 없었다. 아주 오랜 시간이 흘러 너를 만났고, 너의 별명을 듣는 순간 왜인지 모를 익숙함을 느꼈다. 뭔가 온몸이 찌릿찌릿한 세포분열을 느꼈는지도 모르겠다. 나는 그날 종일 그 생각을 했다. '미도리' 왜 계속 내 머리를 두드릴까. 밤을 꼬박 새우고 다음 날 아침이 되어서야 나는 기억해 냈다. 그 순간의 조각이 생각난 것이다.

'완전 제정신이 아니군.' 미도리였다. 상실의 시대에 등장하는 다른 한 명의 여자. 바로 그 미도리. 신기했다. 미도리라는 이름이 일본어로 초록을 뜻한다는 것은 알고 있었다. 그때부터 초록을 좋아했던 거 같다. 단순히 너의 별명 때문이었다.

또다시 한참을 지나 네가 내 곁에서 사라진 후 나는 그 책을 폈다. 덮었다. 다시 폈다. 반복했다. 몇 번을 읽었는지 한 달 만에 책

장이 흐물흐물해졌다. 마지막에 이르러서는 책의 제목이 마치
나 같았다.

  아무래도 이 책은 그때가 아니라, 지금의 나를 위해 나한테 온
책인 모양이다.

다시 눈을 감고 싶은 아침

///

눈을 한 번 감았다 떠도 그 찰나에 네 모습이 맺혔다 사라진다. 하물며 서너 시간을 감고 있는 그 새벽의 아침에 놓인 나는, 너를 얼마나 많이 보았을지 너는 상상도 못 할 것이다.

내가 꾸는 꿈에 내 모습이 보였던 적은 한 번도 없다. 내가 본 모습들은 모두 너의 모습이었다. 아침에 눈을 뜨면 꿈에서 깬다. 아니 꿈에서 깨면 눈을 뜬다. 나는 한 번도 너를 끝까지 본 적은 없다. 늘 무언가에 의해서 그 꿈으로부터 튕겨져 나왔다. 혹시라도 눈을 다시 감으면 네가 보일까. 왼손을 들어 올려 눈을 맞춘다. 역시나 반지는 없다. '꿈이 아니었구나.' 한다.

너는 세상에 존재하는 사람은 맞을까. 내가 살아있기는 한 걸까. 마음과 생각이 겹쳐 복잡해진다.

나는 아직도 아침에 눈을 뜨면 다시 감고 싶어진다. 하루를 끝내는 것만큼, 하루를 시작하는 것이 고통스럽다.

오늘은 울지 마라

////////////////////////////////

울지 마라, 울면 그 순간은 잊히지 않는다. 울지 않았다면 언젠가는 사라졌을 기억이, 우는 순간 영원히 잊히지 않는 기억이 된다.

아무리 많이 울었어도 지워지지 않은 눈물은 없었다. 잊고 싶은 순간이거든 울어서는 안 된다. 모든 눈물은 그 순간이 후회스럽다. 마지막 순간이 마지막 순간이라는 것을 알았다면, 나는 차라리 웃었을 것이다.

마지막 모습의 기억이 슬픈 모습인 건 왜인지 쓸쓸하다. 평생 슬픈 사람으로 기억될 것만 같아서 괜히 서러워진다.

상쇄

///////

불 꺼진 방이 좋았던 것은 단히 빛이 더 잘 들어왔기 때문이다. 빛을 더 잘 알아볼 수 있었기 때문이다.

나 하나만 어둠에 갇히면 밝은 것은 외려 반짝인다. 늘상 외로 웠으나 빛이 들어설 때면, 그리움이 어딘가에 닿는 기분이었다. 빛은 반드시 돌아오며, 내가 어디에 있든 끝까지 내게 이른다. 그 래서 언젠가는 불을 켰다 껐다 반복했던 밤도 있었다.

눈에 비쳐 오고 가는 것이 그리웠다. 그렇게 외로움을 상쇄하 고는 했다.

반드시 돌아오는 것들에 기대어.

긴 새벽이 외롭지 않은 이유

반은 쏟았고 반은 채웠다. 날마다 그리움 하나로 만든 새벽이었다. 고요가 적막이 되고 어둠이 칠흑이 되면, 어김없이 새벽이 들어앉는다. 나는 그 안에서 조용히 감정의 조각을 맞춘다. 한 번도 그 조각이 완성되었던 적은 없다. 마지막 조각은 내게 없는 조각이었기 때문이다.

새벽은 늘 나도 모르게 올라 세상 모두가 알게 내려간다. 가라앉는다. 그래도 이 긴 새벽이 외롭지 않았던 이유는 이 시간에 깨어있는 사람은 모두 무언가를 그리워할 거라고 생각했기 때문이다.

새벽의 그리움은 결국 외로움이 아니었을까. 모두가 외롭다면, 나만 혼자 특별히 힘든 것은 아니었기에 의지가 되었다. 다른 사람의 슬픔으로부터 위안을 얻었다. 적어도 존재에 대한 외로움은 없었던 것이다. 그게 곧 위로가 되었다.

평생 꺼내보는 마음, 그리움

오래도록 마음이 변치 않는 극소수의 사람이 있다. 그들은 다음 사랑이 두려운 것이 아니라, 그저 지나온 그 사랑이 슬픈 것이다. 아팠던 것이다. 사람들은 때로는 그것을 집착으로 부르나, 그것은 집착이 아니라 그리움이다. 집착은 바라는 것이 있지만, 그리움에는 바라는 것이 없다. 그저 혼자 오래 두고 간직해 평생을 꺼내보는 마음인 것이다. 우리는 정말 바라는 것이 없는 것이다.

모순

//////

   감정을 속이는 것은 죄가 아닐까. 입으로 하는 말은 거짓말이 되어 죄가 되고, 감정을 표현하는 것은 거짓 표현이 되어도 죄가 아닌가. 감정의 거짓 표현은 처세이고, 입으로 하는 표현은 죄인가. 무엇이 이처럼 모순스럽나.

   감정이 말보다 못한 것이 되는 것이 싫다.

잊힐지도 모르는 기억

두고두고 남긴 것들을 정리해야 하는 순간이었다. 시작은 뚜렷하고 끝은 모호했다. 그러나 갈수록 시작은 흐릿해지고 끝만 명확해진다. 기억에 그 순간이 남은 것이다.

끝이 나면 정리해야 할 것들이 수두룩하다. 무엇보다 중요한 것은 기억의 매개가 되는 것들인데, 보통은 주고받은 물건이 그렇다. 그 다음이 함께한 장소들이다. 한 번씩 가보는 장소들. 고르고 골라 차마 버리지 못한 물건들. 결국에는 참다못해 저질러야 하는 순간이 온다. 그것이 이별의 인정이다.

사랑은 추억이 될 수 있어도 이별은 결코 추억이 될 수 없다. 그저 기억인 것이다. 아픈 기억은 잊히지 않는다지만, 좋았던 기억은 어느 날엔가 잊힐지도 모른다. 그게 추억과 기억의 차이가 아닐까.

추억이 기억이 되어 가는 것이 섭섭하다.

솔직하지 못한 표현

연애를 시작한 지 두 해가 지났을 때, 그녀는 그런 말을 했다.

"아직도 자기를 잘 모르겠어."

나는 그 말에 동의하기도 동의하지 않기도 했다. 이 세상에서 너보다 나를 잘 아는 사람이 있을까. 다른 사람에게는 말한 적이 없는 것들을 너에게는 말했으니까. 그러나 돌아보면 부족했을 것이다. 상대적으로 많이 알았으나, 절대적인 기준으로 비교하면 나는 보통의 사람보다 나를 꺼내지 않았으니까.

겉에 있는 것만 꺼냈던 것은 아니었을까. 오히려 마음을 말하는 것은 쉬웠는데, 사실을 말하는 것은 왜 그렇게 어려웠을까. 분명한 것은 나도 나를 잘 모르는 순간이 있었다는 것이다. 그때는 마치 내가 역사도 없는 어느 행성의 첫 번째 인류가 된 느낌이었다. 내가 어디서 왔고 어떻게 여기 있는지 네 앞에서 모든 것이 어려웠다. 설명이 필요하고, 이해가 필요한 것들이 왜 그렇게 어려웠는지 모르겠다.

그때는 모든 것이 놓인 상황들 때문이라고 합리화하고는 했지만, 결국은 나 때문이라는 것을 많은 시간이 지나서야 알게 되었다.

아프다는 것도 모르고

아플 것 같은 사람은 자신이 아프다는 것을 잘 아는 반면, 이미 아픈 사람들은 자신이 아프다는 것을 모른다. 참으라는 말, 참 많이 들었다. 견디라는 말도 덧붙여 들었다. 인내가 없으면 무언가 부족한 것이 아니라, 실패자가 되는 세상이었다. 그런 것들이 쌓여 무뎌지는 것이 어른이다. 어른은 아픔을 느끼지 못하는 것이 아니라, 아픔을 무시하는 사람들이다.

나는 내가 아프다는 것도 모르고 살았다. 누구라도 말해줬다면, 덜 아팠을 것 같다. 적어도 내가 아프다는 것을 알면 낫기 위해 노력을 해볼 수는 있다. 그런데 우리는 그것을 너무 늦게 안다.

청춘이 다 꺾이고 나서야 말이다.

우울이라는 질병

/////////////////////////////

때에 따라 순간 세상의 모든 사람이 나를 미워한다. 우울이라는 것은 그런 것이라고 한다. 그 모든 시선의 화살을 맞아 보지 않은 사람이라면, 넘겨짚어서는 안 된다.

나는 우울한 감정은 질병이라고 생각하며, 반드시 의사에게만 상담을 받아야 한다고 믿는 사람이다. 자격이 없는 사람들의 위로를 함부로 귀담아듣지 않았으면 좋겠다. 설령 좋은 결과를 얻는다 해도 매우 위험하고 감정적으로 위태로운 일이다. 글을 쓰는 사람들의 위로는 더욱이 믿지 않았으면 좋겠다. 말하는 사람들의 위로도 마찬가지다. 공감은 공감일 뿐이다. 기대는 것은 좋으나 나를 맡겨서는 안 된다.

우울에 대해 정확히 아는 사람의 처방을 믿어라. 그것이 내가 개인적으로 들어오는 상담 요청을 모두 거부하는 이유이고, 우울을 글에 담지 않는 까닭이다. 나는 여전히 우울을 이해하지 못한다. 우울은 이유가 없고, 슬픔에는 이유가 있다고 하는데, 나는 슬픔의 이유가 확실했다. 가장 다행인 일이었다.

그래도 붙잡고 싶다

네 생각을 하지 않을 때 가끔 내 생각을 하고는 했는데, 내 생각이 아닌 다른 생각을 하는 순간이 생기기 시작했다. 다른 것을 보게 된 것이다. 너에 대한 생각을 잠깐이라도 놓친 것은 처음이었다. 이제 정말 가는구나 싶었다. 마음이 다 되어 가는 것이 어쩐지 허무하고 허망했다. 붙잡을 수만 있다면 붙잡고 싶었다. 그동안의 시간들을 그대로 두고 싶었다. 내 삶의 기억 속에서 잊히지 않게 영원히.

그 기억이 하물며 많이 어렵더라도 말이다.

오해하고 싶은 마음

/////////////////////////////////

완벽한 거절보다 마음 아픈 것은 오랜 무반응이다. 차라리 완벽하게 끝나 버린다면, 잠깐 크게 슬프다 돌아설 것을 긍정도 부정도 아닌 반응. 무반응은 희망을 세상에서 가장 악독한 감정으로 만든다. 계속 그쪽을 바라보게 만든다. 휩쓸려갈 만한 파도는 오지를 않고, 발목만 잠깐 잠겼다가 사라지는 그리고 그것을 반복하는 상황이 지속된다.

한때는 무소식의 희망에 모든 것을 걸었던 적도 있다. 오해였을 수도 있겠다는 마음을 품은 것이다. 마음은 계속 오르락거리고 사고는 모든 논리와 상황을 종합하여 결과를 출력한다. 그 결과물은 늘 오해였다.

나는 지금의 상황과 너의 마음을 오해하고 싶었다. 오지 않는 것이 아니라, 기다리고 있다고 그렇게 믿고 싶었다. 그렇다면 그것은 내가 가면 되는 것이었으니, 내 탓이라고 생각할 수 있었을 것이다.

내 사랑의 끝모습

//////////////////////////////

낙엽이 질 때는 우산을 쓴다. 꼭 비가 함께 내리기 때문이다. 빗물에 짓눌려 시체처럼 바닥에 달라붙은 한때는 노란색이었던 은행나무 잎과, 붉은색이었던 단풍나무 잎이 슬퍼 보였다. 이런 생각 때문인지 나는 비에 젖은 낙엽은 되도록 밟지 않으려고 애쓴다. 두 번의 생 모두를 거두고 싶지 않기 때문일까.

아름다운 것은 반드시 그 끝에 슬픔이 더한 법이다. 꽃이 지면 바람에 흩날리지만, 잎이 지면 50리터짜리 비닐봉지에 담겨 불에 태워진다. 잔인한 일이다. 사랑이 끝나면 불에 탄 이별을 맞는 것과 같은 것은 아닐까.

무엇이든 인간의 편리를 위해 손이 탄 대부분의 것은 잔혹하다. 나뭇가지에서 떨어지고, 비에 젖고, 불에 탄다. 이것은 마치 사랑이 끝났을 때 내 모습 같았다.

완전 연소를 위한 세 가지 조건. 발화점 이상의 온도, 탈 물질, 산소. 내게는 그것들이 사랑, 추억, 그리고 당신이었다. 불완전 연소였다.

모르던 사실을 알게 될 때

기분이 얼굴에 그대로 드러난다. 얼굴은 말하지 않은 감정이 드러나는 유일한 도구이다. 아마 대부분의 사람이 모를 것이다. 기분에 따라 자신의 얼굴이 어떻게 달라지는지. 누군가 말해주지 않는다면 확인할 수 있는 방법은 하나. 사진이다.

자연스러운 감정과 표정은 일치한다. 나는 당시의 사진을 보고 알았다. 내가 행복할 때 이런 표정을 짓는구나. 내가 기분이 별로일 때는 이런 표정을 지었구나. 신이 난 얼굴이구나.

어머니는 내 얼굴만 봐도 요즘의 내 기분을 알 수가 있다고 하신다. 나는 4년을 깊은 감정으로만 지냈는데, 그렇다면 어머니는 그동안 걱정이 얼마나 많으셨을까.

모르던 사실을 점차 알게 될 때는 늘 슬픈 마음이 함께 온다.

엉켜버린 위안들

//////////////////////////////

　괜찮아졌다는 착각과 괜찮지 않다는 오해. 나태함과 나약함. 그리고 스스로의 모습을 초라하게 만드는 마음가짐. 슬픔을 짓누르고 아픔을 외면하고 오직 힘듦에만 맞선 사람. 괜찮아졌다는 자기 합리와 착각. 그 반대에 줄지어 선 걱정과 한탄들. 나만 힘들다. 나만 슬프다. 나만 어렵다. 외로움에 정신을 잃은 자기 보호. 괜찮지 않다는 오해. 특별하다는 넘겨짚음. 도무지 사는 것이 엉망이다. 나만 느끼는 감정들이 아니라는 것을 잘 알면서도 마음은 그 위안들을 믿지 못한다.

거울을 치웠다

//////////////////////////

　이별 후 한 달이 지났을 무렵, 방에 있는 모든 거울을 내다 버렸다. 그로부터 2년을 거울을 보지 않았다. 이를 닦을 때도, 세안을 할 때도, 샤워를 할 때도 나는 눈을 감고 있었다. 우연히 유리창에 비친 내 모습을 보는 날이면 울었다. 어김없이 울었다. 잔상을 씻어내기 위해 미친 듯이 울었다. 거울에 비친 내 모습이 억울하여 울었다. 어떻게든 나를 외면하고 싶었다. 내가 내가 싫어지면 정말 끝이다. 나는 그것을 알고 있었다. 그 마음을 돌리기까지 걸린 시간이 2년이었던 것이다.

소름 끼치는 새벽

이른 밤의 적막은 공허하면서도, 새벽의 적막은 소름이 끼친다. 온몸에 진동이 일듯 울려 퍼진 심장 소리가 마지막으로 귀에 울린다. 그 소리에 세포가 일어나기도 모든 세포가 죽기도 한다. 이제는 익숙한 일이다. 그 소리가 세상 편안하면서도 무섭다. 쿵, 쿵 거리는 소리가 내 몸의 모든 기관에 부딪힐 때 그 느낌은 너무 무겁다. 가장 무서운 것은 아직도 새벽이라는 것이다. 듣기 싫은 감정들과 함께 새벽이 점점 늘어만 간다. 보고 싶다는 마음과 잊고 싶다는 생각의 충돌. 자정의 새벽이다.

퇴근길의 쓸쓸함

////////////////////////////////

출근길보다 퇴근길이 힘들었던 때가 있었다. 출근길에는 명확한 목적지가 있지만, 퇴근길에는 목적지가 없었다. 인간의 감정이 가장 뚜렷하게 엇갈리는 시간이 아닐까 싶다. 가야 할 곳이 있는 사람은 서둘러 행복한 얼굴을 하고 빠른 걸음을 걷고, 가야 할 곳이 없는 사람은 종일 바빴던 일상이 순간 공허해지기 때문이다.

갈 곳이 없었다. 사실은 어디로 가야 할지 모르는 날이 더 많았다. 그 발걸음은 외로웠던 것이 아니라, 쓸쓸했다. 내 의지와 상관없이 해야 하는 것이 출근이었다면, 내가 원하면 하지 않아도 됐던 것이 퇴근이다.

출근하는 길은 늘 좁았고, 퇴근하는 길은 항상 넓었다.

남겨진 시간의 공간이 너무 거대했다.

남자가 울 때

/////////////////////

    남자가 몸도 가누지 못할 정도로 취한 상태에서 울며 하는 말은 진심을 넘어선 마음이다. 하고 싶어도 할 수 없었던 말을 속삭이는 것이다. 마음의 소리다. 온 우주를 몇 번을 무너뜨리고 나서야 남자는 눈물을 흘린다. 남자가 아이처럼 울 때는 그것도 사랑하는 사람 앞에서 울 때는 우주를 잃은 것이다.

    그렇다고 여자는 달랐을까. 남자의 눈물이 절망이라면, 여자의 눈물은 아픔이다. 부서지는 것보다 더 아픈 것이 사랑하는 사람이 부서지는 것을 바라보는 것이다.

    결코 여자의 눈물을 가볍게 생각해서는 안 된다. 남자의 우주를 지키는 것은 여자의 눈물일 테니.

공허는 애씀으로

공허는 살아 움직이는 것으로 채워야 한다. 곳곳에 흩어져 있는 감정들을 끌어안아도 좋다. 그 감정이 슬픔이든, 기쁨이든, 행복이든, 즐거움이든 마음에 잡히는 어느 감정 하나를 끌어안아라.

모든 감정은 살아 움직인다. 아무것도 느끼지 못하는 사람은 아무것도 느끼지 않는 사람이다. 나는 물고기 한 마리를 내 마음에 담아 살아 움직이게 했다. 하프문 베타 '벚꽃'이 그렇다. 보고 있으면 어느새 편안해진다. 마음을 쓰기도 한다.

공허는 노력으로 벗어날 수 있다는 말을 부디 믿었으면 좋겠다. 감정에 대해 애쓰는 것을 권하지는 않으나, 공허에 대해서는 애를 쓰기를 바란다.

Part3.

감정의 위로, 마음의 위안

감정으로부터 자유로워질 것

슬픔에 대한 반응은 눈물로, 기쁨에 대한 반응은 웃음으로 정한 것이 아니다. 감정에 대한 반응은 무조건 반사이며, 우리가 신경 써야 할 것은 조건반사에 대한 부분이다.

표현에 인색하지 말아라. 행동에 대해 고민하고 나한테 맞는 방법을 찾아라. 슬플 때 여행을 가는 사람이 되고, 슬플 때 노래를 부르는 사람이 되어라. 남들이 하는 것을 따라 하지 말고, 내가 하고 싶은 것을 하라. 슬플 때 미친 척 웃는 것이 슬픔을 극복하는 데 도움이 됐다면 웃어라.

머리는 거짓말을 하지만, 감정은 거짓말을 못한다. 감정이 표출되는 과정에서 머리가 개입하여 그 표현이 달라질 뿐이다. 사회 구성원으로 사는 것에 익숙한 우리는 어쩔 수 없이 그런 사람이 되는 것이다. 감정이 어려운 이유는 눈에 보이지 않기 때문이다. 표현이 어려운 이유는 익숙하지 않기 때문이다. 감정에 대해 배운 적도 없고. 슬플 때는 어떻게 해야 하는지 배운 적도 없다.

머리가 하는 일에는 실수가 따르지만, 마음이 하는 일에는 결코 실수 따위는 없다. 실수가 아니라 그게 자신인 것이다.

감정으로부터 자유로워져라. 직장을 벗어나면 온전한 나를 찾아라. 직장에서의 감정이 집까지 이어진다면, 오래 머물러서는 안 되는 직장이다. 성취는 잠깐의 큰 행복을 가져다주지만, 오랜 시간의 행복을 앗아 가는 법이다.

현실 세계의 사랑은

////////////////////////////////////

사랑이 어렵고 이별이 힘든 이유는 우리는 사랑하는 방법을 드라마나 영화로 배웠기 때문일지도 모른다. 실제 현실 세계의 사랑은 그렇게 복잡하지도 드라마틱하지도 않다. 주변에 재벌 2세가 있지도 않을뿐더러, 그렇게까지 힘든 사연을 가진 사람도 쉽게 볼수는 없다. 말도 안 되는 일도 일어나지 않는다. 운명 같은 일도 자주 찾아오지 않는다. 모든 것은 이해 범위 안에서 일어나며, 그것이 곧 환경이다. 비슷한 사람끼리 만날 수밖에 없는 환경인 것이다.

우리는 그저 지켜야 할 것들만 지키면 평생을 함께할 수 있다. 서로 숨김없이 있는 그대로의 모습을 보인다면 말이다.

대단한 사랑보다는 편안한 사랑이 좋다.

어른의 기준

///////////////////////

어른의 기준이 무엇이냐는 질문을 간혹 듣는다. 답이 정해지지 않은 질문은 늘 난처하다. 그러나 난감하지는 않다. 내가 뱉어 내는 답은 늘 흔들림이 없다. 그런 모호한 질문에 대한 답은 정리해 두고 사는 성격이기 때문이다. 따뜻한 마음의 곁에 항상 아주 얇은 차가움을 더하여 말하곤 했다. 그 또한 내 성격이다. 어른의 기준에 대한 질문에는 잘 모르겠다고 답을 하지만, 속에 있는 존재 그대로의 생각은

'세상에 어른은 없습니다.'

이다. 성인이 자신의 행동에 책임을 지는 나이라고 한다면, 어른은 완벽해야 하는 사람은 아닐까. 우리는 너무 쉽게 어른이 되고, 너무 어렵게 어른이 된다. 실패한 어른은 쓸쓸하며, 성공한 어른은 아직 더 좇아야 하는 성공이 많이 남아있다. 어른은 세상의 모든 불협화음을 다 겪은 것처럼 내일이 혼탁하다.

모든 것은 상대적인 것이다. 내가 가진 여러 감정을 쏟아내는 대상이 누구인가에 따라 나는 어른이기도 어른이 아니기도 하다. 그래서 어른이라는 표현을 쓰는 것을 좋아하지 않는다. 나는 그저 아직은 삼십 대의 남자일 뿐이다. 또는 서른을 훌쩍 넘은 아저씨일 뿐이다. 매일 보는 할머니는 나를 총각이라고 부르고, 가끔 보는 학생들은 나를 아저씨라 부르고, 아이들은 삼촌이라 부르며, 책방에 찾아오는 손님들은 나를 작가님 혹은 사장님으로 부른다.

모든 것은 상대적인 것이다. 어른의 무게에 얽매일 필요가 없다. 중요한 것은 내가 지금 어디쯤 서있는지, 누구 앞에 서있는지 정확히 헤아릴 줄 아는 것이다.

아깝지 않은 행복

내가 행복했으면 좋겠다는 사람들이 있다. 요즘은 그 마음이 글로 바뀌어 내게 닿기까지 한다. 내가 바라는 것은 행복이 아닌데, 그들에게는 내가 불행하게 보였을까. 그렇다고 하더라도 나는 그렇게 나를 향해 오는 마음들이 좋다. 어느덧 그 마음을 알아볼 수 있게 되었다.

가까이 서너 달 전만 해도 그런 말을 들으면 행복은 필요 없으니까 불행하지만 않았으면 좋겠다는 생각을 되려 감던 나였다. 한데 지금은 그 말을 마음으로 돌려준다. 돌려주고 싶어졌다. 내가 받은 행복을 전해주고 싶다. 행복을 전할 대상이 있다면, 그 대상의 존재만으로도 이미 행복한 사람이 아닌가 싶다.

어느 누군가의 행복을 바란다는 것은 이 얼마나 멋진 일인가. 행복이 가까이에 있다면 어느 행복도 아깝지가 않다. 행위로부터 느끼는 행복은 하나에서 하나를 얻지만, 사람으로부터 느끼는 행복은 결코 하나가 아닐 것이다.

내가 행복하기를 바라는 사람들이 모두 행복했으면 좋겠다.

마음이 감정을 결정한다

애써 잊을 필요도 없어졌다. 나도 이제 네가 슬프지가 않다. 마음이 변하니 감정이 쉽고 간단하다. 마음은 어디서부턴가 들어와 앉는 것이고, 감정은 그렇게 들어앉은 마음이 밖으로 표출되기 위해 애쓰는 것이다. 그래서 마음은 먹기 마련이고, 감정은 조절하기 위해 애쓰는 것이다. 4년 전과 지금 바뀐 것이라고는 그 마음 하나뿐이다.

그러나 고작의 변한 마음 하나가 내 삶 전체를 바꾼다. 슬픔이 그저 슬픔이 되었고, 그리움이 그저 그리움이 되었다. '그저' 이 두 글자를 내게 끌어오는 데 이렇게 오랜 시간이 걸렸다. 돌아보면 후회인 것이, 한 번 더 돌아보면 추억이 된다. 그리고 추억이 되지 못한 이야기들은 기억으로 남는다. 그 기억은 언젠가 사라질지도 모르는 형태도 없는 무엇일 뿐이다.

나는 제일 먼저 그리움의 이유를 찾으려 애썼고, 그 이유를 찾아 무너뜨렸다. 내게는 그 이유가 죄책감이었다. 나를 용서하는 시간이 그리 오래 걸렸던 것이다.

사람은 실수를 하고 잘못을 하며, 때로는 죄를 짓기도 한다. 실수에는 마땅한 책임이, 잘못에는 깊은 반성이, 죄에는 무거운 형벌이 그것을 대신한다. 자신에게 적당한 벌을 줘라. 그리고 그 벌을 다 받으면 스스로를 용서해라.

내가 받은 벌은 그리움이었고, 나를 용서했다고 해서 내가 느끼던 모든 감정들이 가벼워진 것은 아니었으나, 그 무서운 감정들이 최소한 나를 향하지는 않았다. 그 가혹함으로부터 나를 놓았다.

마침내 홀가분했다.

사람 한 명 곁에 두는 일

나는 오히려 나를 잘 모르는 사람에게 속을 꺼내는 편이다. 아마도 알려지는 것이 싫었던 거 같다. 대학 시절 가장 이야기를 많이 나눴던 사람은 초등학교 때 미국으로 이민을 간 동창이었다. 그 친구에게는 무엇을 말해도 알려지지 않을 것 같다는 안도감이 있었다. 상황은 서로 비슷했고, 할 말 못 할 말을 솔직하게 주고받고는 했다.

나는 아무리 친한 친구에게도 내 얘기를 잘 꺼내지 않았고, 항상 듣는 것에 익숙했다. 4년의 고초를 겪는 동안 처음 2년 동안은 그 누구와도 이야기를 하지 않았다. 2년이 넘어서 감정이 절정에 이르렀을 때, 한 사람을 알게 됐다. 그저 속마음을 털어놓는 대상이었던 거 같다.

그때부터 나는 조금씩 괜찮아졌다. 꺼낸다는 것이 이렇게 도움이 되는 줄 알았다면 진작에 그랬을 것이다. 관계에 대해 고민하는 사람에게 이렇게 말을 건넨다.

"그래요, 관계 정리하세요. 얼마든지 하세요. 그러나 딱 한 명은 필요합니다. 내가 무슨 말을 해도 들어 줄 사람. 그 행위로부터 벌어지는 일에 대해 내가 부담을 느끼지 않을 사람, 잘 알지도 못하는 그 사람이 전혀 생각지도 않았던 그 사람이 당신을 살릴 겁니다."

아무리 힘들어도 이야기할 사람 한 명만 있으면 버틸 수 있다. 괜찮아지려고 애쓰는 것은 정해진 방도가 없지만, 사람 한 명 곁에 두는 것은 애쓴 만큼의 결과를 줄 것이다.

하나 이상의 감정을 주는 사람

어떤 이를 떠올렸을 때 그 감상이 슬픔으로만 가득 찼다면, 그 사람은 잊어야 할 사람이다. 다시 그 감상이 행복하기만 한 사람은 잊지 말아야 할 사람이다. 그리고 슬프기도 행복하기도 한 사람은 소중한 사람이다. 소중한 사람은 곧 보고 싶은 사람이다. 하여 그리움은 때로는 소중한 것이 되기도 한다. 어느 틈에는 잠시 쉬어갈 공간을 내어주기도 하고, 발을 둔 곳을 옮겨야 할 때는 나를 억지로 밀어내기도 한다.

감정이 오고 가는 것을 귀히 여겨야 한다. 하나의 감정 이상의 감정을 주는 사람. 곧 필요한 사람이다. 슬프기도 행복하기도 한 것들을 소중히 여겨야 하는 이유이다.

실패로부터의 위안

//////////////////////////////////////

착하게 사는 것이 정답이 아니라는 것을 깨달았을 때는 이미, 삶의 너무 많은 것들이 결정되고 난 후였다. 왜 어른들은 진즉에 알려주지 않았을까. 사실은 어른들도 어른이 아니었던 걸까. 아니면 세상이 변할 거라는 기대가 있었던 것일까. 후회는 한 번도 빨랐던 적이 없고, 그 감정을 느꼈을 때는 이미 모든 것이 끝난 후였다.

세상은 포기하는 사람들을 내려다보고, 도전하는 사람들을 우러러본다. 그들의 대부분은 그 도전으로 인해 대부분 망할 거라는 것을 잘 알면서도 말이다. 어쩌면 그것은 응원이 아니라 확인이고, 안심이다. 도전하지 않기를 잘했다는 결과를 끌어내기 위한 확인. 즉, 다른 사람의 실패로부터 자신의 선택을 합리화하고 싶은 것이다.

이렇듯 다른 사람의 슬픔은 누군가에게는 위안이 된다. 우리는 결국 내 슬픔을 치유하기 위해 다른 사람의 슬픔에 기대는 것이다. 애처롭고도 쓸쓸한 일이다.

마음의 깊이가 비슷한 사람

이별로부터 이어진 모든 시간을 다들 잊으라는 말만 해댔다. 애써 잊지 않아도 괜찮다고. 잊히지 않아도 괜찮다고. 누군가 한 명이라도 말해줬다면, 조금은 더 일찍 괜찮아졌을 거 같다. 모두가 공통되게 말하기를

"좋은 사랑은 있어도 좋았던 사랑은 없다."

지나간 사랑은 이미 좋은 사랑이 아니라는 것이었다. 그것은 추억도 아니고 기억일 뿐이라고. 몇 안 되는 소중한 추억의 일부가 아니라, 수많은 기억 중에 하나일 뿐이니 이제 그만 잊으라 말을 한다.

이별을 쉽게 극복하는 사람들은 애초에 이별에 대한 특별한 극복이 필요 없는 사람이다. 사람마다 감정의 깊이가 다른 것은 분명하며, 그 깊이는 절대적인 시간에 의해 결정되는 것이 아니라, 사람의 타고난 마음의 깊이에 의해 결정된다. 쉽게 정리하는

사람에게는 쿨하다고 하면서, 오래 머물러 있는 사람은 왜 뜨거운 것이 아니라 미련하다고 하는지 이해할 수가 없다.

잊으라는 말은 누구나 할 수 있는 말이다. 반면에 잊지 않아도 괜찮다는 말은 나와 마음의 깊이가 비슷한 사람, 그리고 그것을 이해하는 사람만이 할 수 있다. 한 번을 이해하려면, 적어도 두세 번은 이해한 사람이다. 내게 그만큼의 시간을 쓴 것이다. 마음을 쓴 것이다. 주변에 그런 사람이 있다는 것은 운이 좋은 것이며, 복이 있는 것이다.

내 곁에는 그런 사람이 없었다. 타고난 마음의 깊이가 나와 비슷했던 사람을 주변에 두지 못했다. 누군가 내게 잊지 않아도 괜찮다고 말해줬다면, 나는 훨씬 더 빨리 괜찮아졌을 거 같다. 잊지 않아도 괜찮다는 것을 오랜 그리움을 통해 알았다. 그래서 나는 오래 걸렸다.

사람은 본디 안 된다는 말보다 그래도 된다는 말에 기운을 차리는 법이다. 긍정의 표현은 앞날에만 둘 것이 아니라, 지금 그 순간에 놓아주기를 바란다. 정말 그 사람이 괜찮아지기를 바란다면 말이다.

사랑이 결코 전부는 아니다

/////////////////////////////////////

　사랑이 전부가 아니라는 것을 알았을 때는 이미 전부를 잃고 난 후였다. 그래도 그것을 앎으로써 다시 일어설 마음을 다잡았다.

　사랑은 가장 강력한 감정이다. 마법 같은 감정이며, 혼자서는 이룰 수 없는 것이기에 정점에 있는 감정이다. 대부분의 감정은 사랑으로부터 파생된다. 행복의 마지막 점도 결국은 사랑이 찍는다. 사랑은 어쩔 수 없이 가장 중요한 것이며, 인간이 반드시 가져야 할 감정이다. 그러나 한 가지 오류가 있다. 가장 중요한 것은 전부가 될 수 없다는 것이다.

　사랑이 전부였다면, 인류의 절반은 스스로 삶을 놓았을 것이다. 이것은 이론적으로 설명할 필요도 없다. 우리의 존재가 가장 큰 이유가 된다. 누구보다 더 사랑이 전부라고 생각하던 나도 이렇게 살아 있다. 어쩌면 더 나은 삶을 추구하며 살아내고 있다.

　사랑이 전부였다면, 나는 이미 여기 없을 것이다. 사랑에 최선을 다하되 실패해도 끝이라고 생각할 필요는 없다. 꽤 오래 슬프고 힘들더라도 말이다. 힘든 것은 그저 힘든 것이다. 이겨내면 되는 것이다.

사랑이 가장 중요한 것은 맞다. 그러나 결코 전부는 아니다.

이별에 대처하는 마음가짐

사랑보다 커다란 실패가 있을까. 이별보다 충격적인 사건이 있을까. 물론 진심을 다한 사랑이었다면 말이다.

이 글은 이별에 어떻게 대처하면 좋은지에 대한 이야기다. 이별에 맞서 우리는 모두 비슷한 듯 다른 모습을 보인다. 모든 것을 놓아버리는 사람, 바쁜 일상에 나를 던지는 사람, 모든 것을 지워버리는 사람, 반대로 꽁꽁 싸매 추억에 나를 던지는 사람, 폐인이 되는 사람, 곧바로 다른 사랑을 시작하는 사람. 뭐든 상관없다. 한 가지만 지킬 수 있다면 그게 무엇이든 괜찮다.

나를 사랑하라. 그러면 다시 할 수 있다. 사랑이 끝나고 이별이 시작되었을 때, 가장 열심히 해야 하는 것은 나를 사랑하는 것이다. 그것이 이 오랜 이별을 통해 알게 된 결론이다.

이상하게 찾은 안심

//////////////////////////////////

아침에 일어나자마자 두통약 두 알을 챙겨 먹은 날은 이유도 모르는 공허함 때문에 종일 울었다. 이상하게도 내가 느끼는 공허함에는 눈물은 남아 있었다. 그렇다고 눈물을 흘려야만 우는 것은 아니었다. 나는 끝내 그 지경에까지 이르렀고, 눈물을 보이지 않고서도 울 수 있었다. 이는 실로 비참함과 다행스러움이 공존하는 것이었다.

겉과 속이 점점 다르게 표현된다. 우려스러웠으나 어쩌면 달라지고 있다는 생각에 살아있음을 느끼기도 했다.

이상하게 찾은 안심이었다.

가벼워지는 방법

/////////////////////////////////

내가 쓰는 글의 표현이 직설적이고 솔직한 까닭은 나를 위한 글이기 때문이다. 더하여 글을 읽는 사람들에게 잘 보이고 싶은 마음이 없기 때문이다.

내가 진정으로 바라는 독자는 지금도 한 명 뿐이고, 위로라는 보기 좋은 껍데기를 씌울 생각도 없다. 나는 그저 내 감정을 글로 옮겨 적을 뿐이다. 잘 하고 싶다는 생각 대신에 하는 것이 좋다는 마음가짐으로 하는 일에는 불편함이 없다. 마음이 편하다. 내가 느끼는 감정은 내가 표현하는 글만이 정답이기 때문이다.

다른 사람의 해석은 그저 넘겨짚은 것이다. 그 해석들이 내게 미치는 영향이 없는 이유는 다른 사람의 생각에는 관심이 없기 문이다. 때문에 나는 이 감정을 내 멋대로 적어낼 수 있는 것이다. 그리고 다행히 그로부터 누군가 얻는 것이 있다면 감사한 일이다.

표현이라는 것은 그렇다. 내 감정은 내 표현만이 정답이다. 내가 나니까. 누구도 나보다 내 마음을 잘 알 수는 없으니까. 다른 사람이 하는 말이 아니라, 내가 나에게 하는 말을 믿어야 한다. 솔직하게 꺼내는 표현이야말로 가벼워지는 방법이 된다.

감정으로부터 나를 보호하는 방법

모든 것을 구분한다.
각각을 나누어 느낀다.
나누어 생각한다.
나누어 받아들인다.

하나가 무너지면 전부가 무너지는 사람들이 있다. 감정의 끊음
이 불확실한 것이다. 모든 것에 대해 연쇄적으로 반응하고, 그 반
응이 다음 감정에 영향을 준다. 억겁으로 느껴질 만큼의 깊고 어
두웠던 시간을 내가 견딜 수 있었던 것은 그 감정 각각을 구분했
기 때문이다. 슬픔과 그리움을 한데 두지 않았고, 그리움과 힘듦
을 한데 두지 않았다. 모든 감정은 각각의 것이었다.

하루는 그저 그 감정 하나가 무너졌을 뿐이었다. 모든 것이 한
번에 붕괴되지 않는 한은 나는 이대로 나를 보호할 수 있었다.

위로는 필요할 때만

//////////////////////////////

누구에게나 꺼내기 싫은 아픔이 있다. 감추고 싶은 것은 인간의 본능이며, 꺼냄의 일부는 꺼내기 싫은 아픔을 감추기 위한 하나의 방법이다. 다른 것을 꺼내야만 꺼내지 않은 것을 들키지 않기 때문이다.

꺼내지 않은 마음에는 이유가 달리는 법이다. 먼저 꺼내지 않는다면 끌어내려고 해서는 안 된다. 그것이 마음을 다한 진짜 위로라도 말이다.

등가교환이라는 말은 관계에 있어서 어색하면서도 잘 맞아떨어지는 말이다. 더 많이 주지도, 더 많이 받지도 않은 것이 좋다. 마음을 만지는 일은 더욱 그렇다.

어느 날에는 상처보다 위로가 더 아픈 법이다. 그 위로로부터 내 아픔을 들여다보기 때문에 슬픈 것이다. 위로받지 않았으면 떠오르지 않았을 감정이, 한마디 가벼운 위로에 며칠 밤을 애달

프게 보낸다.

위로가 위로가 되는 날보다, 위로에 베였던 날이 더 많았다.

감히 누군가의 아픔을 꺼내 보려거든 당신은 심장을 꺼내야 할 것이다.

아껴둔 위로가 있다는 것

빗물에 몸에 묻은 감정 따위를 씻어냈다. 병원 문턱은 여전히 높았고, 그 감정을 조금이라도 잘라줄 사람은 어디에도 없었다. 혹여 그런 사람이 있다고 해도 지금의 이 비루함을 나눠 갖기는 싫었다.

오늘도 비를 맞았다. 왜인지 비를 맞는 것을 좋아했다. 학창 시절에는 일부러 우산을 들고 다니지 않았는데, 그때 그 장난스러움이 대학 시절에 손에 우산을 쥐는 것 대신 무릎 위로 온몸에 우비를 덮게 했다.

우산에 떨어지는 빗소리와 우비에 닿는 비의 마찰음은 견줄 바가 못 된다. 우산은 마찰로부터 소리가 분산되지만, 우비는 모든 면이 연결되어 마치 현악기의 울림이 악기와 현에 끝까지 전달되는 느낌을 준다. 나는 그 소리를 듣는 것이 좋았고, 그런 소리와 행위를 좋아하는 내가 좋았다.

어느 날에는 우비도 없이 비 오는 날 산행을 해보고픈 소망을 갖고 있는데, 아껴 두고 있다. 정말 필요한 순간이 왔을 때 필요할까 아껴 두고 있다. 아껴둔 위로가 있다는 것은 든든한 일이다.

좋아하는 이유는

///////////////////////////////

그림 보는 것을 좋아하는 이유는
생각을 깊게 할 수 있어서이고,

음악 듣는 것을 좋아하는 이유는
감정을 깊게 느낄 수 있어서이다.

운동하는 것을 좋아하는 이유는
그것들을 모두 떨쳐 버릴 수 있어서이고,

시를 좋아하는 이유는
그 생각과 감정을 함께 담을 수 있어서이다.

그리고 너를 좋아하는 이유는
이 모든 것이 필요 없어지기 때문이다.

깊은 감정을 불러일으키는 사람들

생각하는 것만으로도 깊은 감정을 불러일으키는 사람들이 있다. 그 사람들에 대한 이 감정이, 어쩌면 지금껏 내가 살아온 삶에 대한 정확한 기록이 아닐까. 생각에 접어든 지 10초나 지났을까. 지금 이 순간에도 떠오르는 얼굴과 이름이 다섯 있다. 이름을 부르지 않아도 아마 그들은 알 것이다. 내가 말하는 그들이 자신이라는 것을. 내내 고마웠다고 전하고 싶다. 언젠가는 입을 통해 꼭 고마웠다는 말을 해주고 싶다.

아무것도 하지 않은 하루

계절은 저마다 풍기는 고유의 냄새가 있다. 겨울에 짙어지는 나무 냄새와 흙냄새를 좋아한다. 비가 내린 겨울의 오전이 특히 그렇다. 일 년에 며칠 되지 않는 그런 날이면, 나는 하루종일 숨을 쉰다. 킁킁대며 계속 숨만 쉰다. 아무것도 하지 않는다. 정말 아무것도 하지 않는다. 그렇게 아무것도 하지 않은 날이 오히려 가장 많은 것을 이룬 날이다. 마음의 평온이 온다. 고요하고, 아늑하다. 그윽하다. 아무리 깊어진 감정도 흩날릴 기회만 엿보던 감정도 그저 감정이 되어 마음에 안착한다. 아무것도 하지 않은 하루는 하루가 내내 평화롭다.

나도 괜찮아질 거야

///////////////////////////////

행복의 절정에 빠져 있었을 무렵이었다. 가장 친한 친구가 밤 늦게 연락이 왔다. "지금 너네 집 앞인데 나올 수 있냐?" 온갖 절망에 가라앉은 목소리. 그 친구가 나를 찾아온 것은 처음이었다.

친구의 별명은 감자였는데, 감자는 그 당시 나와 완전히 반대의 삶을 살고 있었다. 여자 문제였다. 힘든 시간을 보내고 있다는 것을 알고는 있었지만, 내가 내 사랑에 푹 빠져 전처럼 연락을 자주 하고 지내지 않았기에 크게 신경을 써주지는 못하고 있었다. 간간이 하는 연락이 전부였다. 그런 친구가 찾아온 것이다.

자연스럽게 느꼈다. 무언가 거대한 것이 왔다는 것을. 그날이 처음이자 마지막이었다. 감자는 그 후로 서울을 떠나 1년 동안 전국을 돌아다녔다. 폐인이었다. 내가 본 모습은 아주 일부분이 었을 것이다. 그리고 내가 폐인이 되었을 때는 감자가 다시 원래의 모습을 찾아 지방의 어느 곳에 정착한 뒤였다.

나는 1년을 더 버티다 버티다 전주에 있는 그를 찾아갔다. 그가 3년 전에 나를 찾아왔던 것처럼 한참을 울다 돌아왔다. 누군가와 이야기를 나눈 것은 2년 만이었다. 살 것 같았다. 괜찮아진 그의 모습을 보니, 힘이 났다.

나도 괜찮아질 거라는 생각이 조금은 생겼던 거 같다.

헛되지 않음을 느끼는 길

내가 너무 멀리 온 것은 아닐까. 여긴 아는 사람도 없는데, 넘어지면 일으켜줄 사람도 없는데. 연고가 없는 곳에 발을 놓을 때면, 잠깐이나마 이런 생각이 스쳐 지나간다.

강릉에 가면 허난설헌 생가로부터 강문해변까지 이어지는 걷기 좋은 길이 있다. 나는 그 길을 걷는 것을 좋아한다. 낮은 건물과 넓은 평야, 인적 드문 공기, 높은 나무, 바다 냄새, 바다를 얹어놓은 듯한 낮고 넓은 하늘, 그리고 언젠가 네가 다녀갔다는 카페. 멈춰선 나를, 길을 잃은 나를 힘껏 밀어주는 것이 너무 많다.

그 걸음이 나는 좋다. 다리에 힘을 주지 않아도 어떤 의지도 없이 서 있게 되는 그런 걸음이 좋다. 순간이 헛되지 않은 기분을 느낀다.

미안함을 남긴 오해

//////////////////////////////////

입버릇처럼 불행을 말하는 사람이 있었다.

"난 불행해."

참 듣기 싫은 말이었다. 행복에 큰 관심이 없던 나조차 짜증이 날 정도였으니 말이다.

대기업에 다니며, 동기들보다 빠른 승진에 가정을 이뤄 귀여운 딸이 둘이나 있었다. 융자를 낀 아파트였지만, 마흔이 되지 않은 나이에 마포에 서른두 평 아파트를 샀으니 남들 보기에는 행복해 보이는 삶이었다. 그런데 그 사람은 늘 불행하다고 했다.

어느 날에 깊은 술을 마신 적이 있다. 나는 그날 그 불행의 이유를 알았다. 1년을 모르는 척하고 있다는 아내의 외도였다. 그때까지도 나는 그런 말을 건넸다. "그래도 아이들 생각해서 빨리 해결하는 게 낫지 않겠습니까. 이혼은 안 되지요." 때마침 그의 휴대전화가 테이블 위에서 큰 진동을 울린다. 그의 얼굴에 본 적 없는 웃음이 띤다. 아주 먼 곳에서 들려오는 반가운 목소리였다.

"아빠 언제 와?"

그날 만남은 거기까지였다. 오해가 가시고 미안함이 남았다. 함부로 넘겨짚은 생각에 대한 미안함이었다. 아무도 모르게 애쓰고 있던 그의 책임감에 대한 사려였다.

오래된 편지를 읽는다

//////////////////////////////////////

사는 것이 힘이 들 때가 있다. 사는 게 힘이 든다. 요즘은 계속 그렇게 느낀다.

느끼는 것이 넘칠 때면 꺼내는 것이 있다. 살며 받았던 모든 편지를 모아 놓은 편지 박스. 내 품에 딱 안길만한 가슴팍 크기의 이 박스에는 내가 평생 받은 모든 편지가 들어 있다. 오래된 것은 30년이 된 편지도 있다. 내 마음에서 밖으로 꺼내져 나간 것들이 아닌, 밖에서 내 마음으로 들어와 박힌 것들이다. 소중하지 않을 수가 없다.

나는 소중한 것들을 소중했던 것들을 기록으로 남기는 것을 좋아한다. 그리고 변하지 않는 그 기록으로부터 위로를 받는다. 나를 위해 글자 한 자 한 자를 눌러 써준 사람들을 생각하며, 언젠가 만나보고 싶다는 생각을 하기도 한다.

이렇듯 나는 기억으로부터 위로를 얻는다. 기억이 잊히지 않는

것이 지금의 아픔에 전부이지만, 그 아픔에는 행복이 많기에 나
는 그래도 내가 가진 기억이 좋다.

위로를 골라 담을 것

////////////////////////////////////

    나는 솔직히 술 한잔하자는 위로가 가장 듣기 좋았다. 마음이 너무 힘들어 술에 의지하고 싶었는데, 그 위로는 내게 이유가 되어주었기 때문이다. 무언가 정당하게 취할 수 있는 그런 기분이 들었다. 연주회, 달리기, 여행, 응원하는 사람을 만드는 것 모두 내게 좋은 위로거리였다.

    그러나 어쩐지 가장 큰 도움이 되었던 것은 역시 적당한 술이었다. 앞에 좋아 보이는 것들이 내가 괜찮아지기 위해 필요한 위로였다면, 술은 말 그대로 살아있기 위한 위로였다. 매일 마신 소주 한 병이 고마웠다. 그리고 그 적당한 술의 양을 지킨 내 성격이 고마웠다. 그렇게 싫어하던 술이 그렇게 싫은 나를 살린 것이다.

    사람은 기호에 따라 선호가 생기지만, 마음에 따라 그 기호가 바뀌기도 한다. 뭐든 선택하는 것이 좋다. 나한테 맞는 적당한 위로가 생길 때까지 선택하면 된다. 시간이 흘러가기만을 기다리는 사람에게 위로는 의미가 없다.

나한테 어울리는 위로는 스스로 찾아야 하는 것이다.

말의 여백

/////////////

말이 많은 사람이 싫다. 말이 많은 사람을 싫어하는 이유는 말이 많기 때문이다. 확실한 신념은 아주 간단한 이유로부터 온다. 그것이 곧 확신이다. 그들이 꺼내는 대부분의 말은 쓸데 없는 말이다. 두서없이 쏟아지는 가야할 방향도 모르는 그런 말들 말이다.

반대로 짧게 말하는 사람은 좋아한다. 나는 그들이 뱉는 그 표현의 여백이 좋다. 여백은 생각에 비례한다고 믿고 있다. 그것이 감정에 여백이 가득한 까닭이다.

한데 나는 이제 그 여백을 다시 채우고 싶어졌다.

갈증이었다.

그런데 내가 왜 슬퍼해야 하지?

이제 당신을 위해서 내가 할 수 있는 일이 뭘까요. 아무것도 하지 않는 것이겠지요. 나도 잘 알고 있습니다. 나는 잘 알고 있습니다. 그러나 그 마음은 어렵습니다.

기어이 슬픔의 이유는 사라졌고, 그 이유는 결과를 남겼다. 더이상의 슬픔은 어떤 것에도 영향을 주지 못한다. 모든 슬픔이 그저 내게 쏟아질 뿐이다. '내 슬픔이 무엇도 바꿀 수 없다면, 도대체 내가 왜 슬퍼해야 하는 거지?' 싶었다.

슬픔이 끝나는 순간이었다.

아름다운 이별이 있을까

///

환승이별에 대한 질문을 꽤 많이 듣는 편이다. 이런 질문을 처음 듣기 전에는 환승이별이라는 게 있는 줄도 몰랐다. '환승이별'. 사람을 갈아탄다는 말일까? 결국은 이별을 준비하고 있었던 것일 것이다. 이별과 함께 다른 사랑을 시작하는 그런 사람들 말이다.

이것은 지극히 개인적인 생각이지만, 이별을 했다면 그 절반의 시간만큼은 다른 사랑을 시작하지 않는 것이 서로를 위하는 것이 아닐까 싶다. 이전의 사람에 대한 예의이기도, 나를 괜찮게 만들어주는 회복의 시간이기도, 새로 만나게 될 사람에 대한 예의이기도 한 것은 아닐까.

반대로 이별을 전혀 준비하지 않는 사람들이 있다. '잠수이별'이다. 이 또한 처음 듣는 이야기였는데, 이별에 대한 이야기도 없이 연락을 끊고 사라져버린다고 한다. 무엇이 겁났던 걸까. 아니면 사랑이 아니었던 걸까. 이별 하나만으로도 죽을 것 같은데 이별이 또 다른 이별을 낳는다. 서글프고 가혹한 일이다.

그렇다고 일반적인 이별이 괜찮은 것은 아니다. 이별은 이별이란 단어 앞에 어떤 말을 더해도 역시 슬프기만 하다. 세상에 실로 아름다운 이별이 있을까. 나는 잘 모르겠다.

기억은 떠다니게 할 것

잊히지 않는 기억은 더욱이 건드려서는 안 된다. 잊으려 애쓰는 행위는 잊히고 있는 기억을 되려 후벼 파는 것이다. 상처가 아무는 데 시간이 걸리 듯, 기억 또한 아무는 데 시간이 걸린다. 기억은 잊히는 것이 아니라 잠잠해지는 것이라는 것을 받아들여야 한다. 시간이 지나도 괜찮아지지 않는 이유는 기억을 가만히 놓아두지 않기 때문이다. 기억 때문이 아니라. 감정 때문인 것이다. 그러니 그냥 떠다니게 둬야 한다. 잊고 싶다면, 잊으려 애쓰지 말고. 잊히지 않아도 상관없다면, 그리워해도 된다.

물론 그렇게 되지는 않을 것이다.

공감과 위로의 무게

//////////////////////////////////

'공감과 위로' 글을 쓰는 사람의 입장에서는 아주 익숙한 말이다. 한 편으로는 덜컹하는 말이기도 하다. 공감은 결국 나와 비슷한 사연에 대해 동질감을 느낀다는 말인데, 그 공감으로부터 위로를 받는다는 것은 곧 다른 사람의 슬픔이 자신에게 도움이 된다는 뜻이다. 그 많은 슬픔들이 내게 의지하고 있다는 뜻이다.

우리는 결국 자신의 슬픔을 이겨내고자, 다른 사람의 슬픔에 기대고 있는 것이다. 때로는 그렇게 기대어오는 것이 무거울 때도 있다. 위로를 맡겨놓은 것 마냥 기대는 사람들을 보면, 나는 위로가 너무 무겁게 느껴진다. 그것이 소통하지 않는 이유이다. 댓글에 댓글을 달지 않는 이유이다. 메시지에 답을 하지 않는 이유이다.

있다 없는 것이 얼마나 절망적인지 알고 있다. 처음부터 없었던 것이, 처음부터 몰랐던 것이 더 낫다는 것을 잘 알고 있다. 아픔과 상처를 나누고 싶지는 않다.

떠날 줄 알아야한다

//////////////////////////////////

무거운 마음이 모든 감정 기관에 퍼지는 주기에 놓이면, 몸뚱이 하나 집 밖에 내놓기가 힘들었다. 나는 그냥 바닥에 처박혀 천장으로부터 쏟아지는 온갖 공기들의 무게를 견디고 있었다. 어쩌면 더 무겁기를 바랐는지도 모른다. 문득 살고자 하는 마음이 생기면 집 밖을 나서고는 했는데, 특별히 보고 싶음을 견디기 어려운 날들이 그랬다.

가는 곳은 뻔했다. 순댓국에 소주 한 병을 마시고 돌아온다. 그 멀리까지 다녀오는 데 걸리는 시간은 고작해야 1시간 반이었다. 집에서는 느낄 수 없는 감정을 온몸에 묻히고 돌아온다. 그래도 딱딱하게 굳어진 일상이 한 번쯤 뒤틀려 섞이는 순간이었다. 그것이 외출이었다. 외출하지 않으면 마음 또한 마음 밖으로 나오지 못한다. 내가 외출을 해야 마음 또한 외출을 하는 것이다.

한 곳에 오래 머무르고 싶거든 가끔 그 자리를 떠날 줄 알아야 한다. 머무른 다는 것은 멈춰있는 것이 아니라, 언제고 다시 돌아올 수 있는 것이다.

걱정의 해소

//////////////////////////

좋은 일이 생기거나, 오래 괴롭히던 걱정이 해소될 때면 나는 나에게 무언가 작은 선물을 하고는 한다. 작게는 맛있는 음식이 될 때도 있고, 크게는 사고 싶던 물건을 사거나 여행을 가기도 한다. 이건 일종의 의식이라기보다는 그 해방감에 대한 일련의 선포였다. '나는 이제 괜찮아!' 혹은 '나 정말 기분 좋아!' 하고 기록을 남기는 것이다.

마음은 볼 수 없지만, 마음으로 행한 무언가는 눈에 보인다. 결과가 남는 것이다. 기억으로 남는 것이다.

내 경험상 이 특별한 기억들은 반드시 추억이 되고야 만다. 그 하루가 영원히 잊히지 않는 것이다. 나는 그렇게 기억을 늘려가는 것에 흥미를 느끼고 포만감을 느낀다. 나 역시 어떤 것에 대해 나만 아는 것을 좋아하는 사람 중에 한 명이다. 공유보다는 특별함이 더 좋은 모양이다.

걱정을 해소할 때마다 스스로에게 사소한 선물을 줘라. 내가 주고 내가 받는 것이다. 어느 쪽도 행복할 것이다.

괜찮아진 건가?

///////////////////////////

소주가 역해지는 것을 보면, 내가 많이 괜찮아진 모양이다. 나는 기호 식품이 명확하다. 맛있는 것과 맛없는 것. 술을 싫어했던 이유는 단순히 맛이 없었기 때문이다. 특히 소주는 초등학교 과학실의 알코올램프 속의 오래 묵은 알코올 냄새와 똑같았다. 그 냄새를 결코 목구멍으로 넘기기가 싫었다.

군대에서 술을 처음 마셨으니 꽤 늦은 편이었다. 그때는 왜 어른들이 술을 그렇게 퍼마시는지 이해가 안 됐는데, 10년이 지났을 무렵 내가 그 어른이 되어 있었다. 삶의 풍파를 온몸으로 맞고 있는 어른 말이다.

모든 것은 상대적이다. 쓴 것을 먹고 단 것을 먹으면 쓴맛이 가시는 것처럼. 그때는 소주가 맹물과 다름이 없었다. 아마 그 2년 동안은 물보다 소주를 더 많이 마셨을 것이다. 그렇게 다시 3년이 지났다. 어느 날 갑자기 소주 한 잔에 온몸의 털이 쭈뼛 서는 것을 느꼈다. 역함을 찾은 것이다. 순간 그런 생각이 목구멍을 타고 올라왔다.

'내가 이제 술이 필요 없을 정도로 괜찮아진 건가?'

적당한 의미 부여

//////////////////////////////////

　의미 부여는 내 지독한 단점이자, 다소 불완전한 낭만이다. 사소한 일에도 나는 의미 부여를 하는 편인데, 그 의미들이 내 삶을 내 마음을 내 기억을 풍족하게 해준다. 물론 과할 때도 많다. 그리고 그 과함은 때로는 부정적으로 작용한다. 엄청난 부담과 압박, 곧 스트레스이다. 피곤한 삶이다. 그러나 특별한 삶이 되기도 한다.

　의미 부여가 심한 사람에게 내가 해줄 수 있는 말은 없다. 반대로 의미 부여가 전혀 없는 사람들에게 하고 싶은 말은 있다. 아주 사소한 의미 부여를 만들어보라는 것이다. 내가 하려는 무언가가, 하고 있는 무언가가 왜 특별한지 그 특별함을 스스로 만들어보라는 것이다.

　의미 부여는 성격이다. 성격은 쉽게 달라지지 않는다. 그러니 그렇지 않은 사람들은 의미 부여를 하는 것이 어쩌면 긍정적인 삶에 도움이 될지도 모른다. 적당한 삶의 환기 말이다.

짜고 맛있는 게 먹고 싶은 날

//

    할머니 댁에 가는 날이면 늘 먹던 것들이 있다. 나를 특히 애지중지 좋아하셨던 할머니는 내가 온다고 하면, 내가 좋아하는 것들을 항상 준비해 두셨다. 검은색 비닐봉지에 담긴 요구르트, 카스타드, 바나나 우유. 그리고 갈치구이와 양념게장, 시래기 된장국. 내게는 천국이 따로 없었다.

    할머니는 연세에 비해 꽤나 건강하셨는데, 나이가 들어가시면서 달라진 점이 하나 있었다. 미각이었다. 나는 할머니의 된장국을 참 좋아했는데, 할머니는 어느 순간 그런 말씀을 하셨다. "이할미는 이제 늙어서 맛을 못 본다. 우리 강아지가 맛이 어떤지 말해봐라." 간을 보라는 말씀이셨다. 그날 된장국은 엄청 짰는데 나는 짜다는 말을 하지 않았다. 할머니가 짠맛을 느끼지 못하시는지 국을 드시고 계셨기 때문이다.

    나는 갑작스레 마주한 그 늙음이 싫었다. 할머니와 내 간격이 멀어지는 것이었기에 쉽게 받아들이고 싶지가 않았다. 그리고 그것을 알려드리고 싶지 않았다. 돌아보면 그날이 마지막이었던 거 같다. 할머니가 직접 해주신 음식을 먹은 것이.

오늘은 왜인지 짜고 맛있는 음식을 먹고 싶다.

5년의 벌

//////////////

　사소한 기억이 소중한 추억으로 바뀌어가는 것이 이별이다. 당연했던 것들이 특별해지는 순간도 이별이다. 애칭이 아니라 네 이름을 떠올리게 되었을 때 이별이다. 없었던 것이 아니라, 애쓰지 않았던 기억들이 이제서야 나를 두드린다. 없다고 생각했던 추억들이 문득 생각난다. 오랜 벌이라도 주려는 듯이 쏟아진다. 나는 벌을 받는다. 5년이다. 이제 그만 내가 괜찮아져도 되는 것은 아닐까.

양아치들이 잘 사는 이유

//

미안함을 모르고 부끄러움을 모르면 거칠 것이 없다. 그래도 되는 것이 많은 사람일수록 잘 산다. 그것은 이기적인 감정도 아니다. 분별할 마음 자체가 없는 것이다. 부족한 것은 채우려고 노력하는 게 사람이나, 없는 것은 끝까지 모르는 것 또한 사람이다. 그들은 크게 웃고, 크게 화를 낸다. 중간이 없다. 진심이 담긴 표현은 그럴 수 없다는 것을 모르는 것이다. 첫 만남에 웃음에 과한 여유가 끼어있는 사람을 멀리하는 이유이다.

아주 오랜만에 찾아온 행복

///////////////////////////////////////

그로부터 첫 2년이 지나고, 마침내 생활이 어느 정도 안정이 되었다. 그 2년 동안 번 돈은 모두 빚을 갚는 데 썼다. 그래도 나는 해냈다. 그 마음을 표현한 것이 여행이었다. 여행지는 일본의 오사카. 사실은 교토에 가고 싶었다. 금요일과 월요일에 월차를 쓰고 나는 3박 4일의 여행을 계획했다. 처음으로 내가 슬픔으로부터 시선을 돌리는 순간이었다.

그리고 그때, 그동안 보이지 않았던 것이 보인다. 그제야 어머니가 갱년기에 들어섰다는 것을 알게 된 것이다. 눈앞이 깜깜했다. 여동생이 오랜 유학 생활 중이었기에 자식 노릇을 할 자식이 몇 년간 없었던 것이다. 그때는 정말 내가 원망스러웠고, 내 사랑이 원망스러웠다.

계획을 바꿨다. 어머니와 함께하는 여행으로 모든 계획을 수정했다. 내가 일본 여행을 가자고 말씀드렸을 때, 소녀같이 좋아하던 어머니의 표정을 잊지 못한다. 2년을 방에서 나오지 않고 말

한마디 하지 않고 다시 살 생각이 없는 듯한 모습으로 살던 나였다. 나중에 들은 이야기지만 어머니는 그 여행이 엄청나게 행복하셨다고 한다. 주변의 이야기가 내게 들려오기까지 했으니 진심이셨을 것이다. 왜 이제서야 그런 생각을 했을까 싶었다.

나 혼자 갔어도 좋은 여행이었겠지만, 역시 이번에도 나는 나보다 내가 사랑하는 사람이 행복해지는 것이 좋았다.

내게 아주 오랜만에 찾아온 행복이었다.

반대가 끌리는 이유

//////////////////////////////////////

    상처 있는 사람을 가까이하지 않는 이유가 있다. 내가 뭘 어떻게 할 수 있는 것이 없기 때문이다. 그저 괜찮아지기를 바라는 수밖에 없었다.

    회복되는 상처는 있어도 완치되는 상처는 없다. 상처는 반드시 흉터가 되며, 흉터가 되지 않은 상처는 사실은 상처가 아니었던 것이다. 상처가 있는 사람 둘이 만나면 상처는 상쇄되는 것이 아니라, 배가 된다. 상처는 결코 사라지지 않는다. 몰랐던 상처마저 내 것이 된다. 상처는 아는 만큼 상처가 되고, 모르면 아무것도 아닌 일이다. 세상에 있는지도 몰랐을 일이다. 위로와 위안은 잠시뿐이다. 결국 서로의 상처마저 서로의 것이 된다. 때문에 상처가 있는 사람은 반드시 상처가 없는 사람을 만나, 그로부터 더 많은 행복을 받아야 한다. 상쇄하는 것이 아니라, 그것들로 뒤덮는 것이다.

    한번 생긴 상처는 영원하다. 파묻어라. 최대한 희석시켜라. 거

대한 물의 양이 오염을 뒤덮어 농도를 옅게 하듯이. 괜찮아진다는 것이란 그런 것이다. 그래서 나는 내 상처를 이해하는 사람이 겁이 난다.

반대로 눈치 보지 않는 사람이 좋다. 그 당당함이 나는 너무 마음에 든다. 사람에 대한 끌림은 결국 혼자서는 채울 수 없는 부족함을 채우는 것이다. 반대가 끌리는 것은 어쩌면 당연한 일이다.

보통의 어른

//////////////////////

특별한 사람이 되고 싶었는데, 지금은 보통의 사람이 되고 싶어졌다. 어른이 된 것이다. 사는 것에 대한 변화의 폭이 크지 않았으면 좋겠다. 아주 가끔 느끼는 소소한 행복을 빼고는 어쩐지 느닷없이 거대한 행복도 싫다. 그저 내가 어떤 것에도 흔들리지 않을 만큼의 안정감과 부탁하지 않고도 지켜낼 수 있는 안정된 삶이면 좋다. 누가 나를 알아보는 것이 아니라, 내가 누군가를 알아보는 것이 더 좋아진 것이다. 내가 특별한 사람이 되는 것이 아니라, 내가 아는 사람이 특별한 사람인 것이 더 좋아진 것이다. 어른들은 선택의 폭이 좁고, 그 선택을 이행할 확률은 더 적다. 나는 이제 막 어른이 된 모양이다.

내 마음과 삶을 이해해줄 사람들

고등학교를 졸업하던 날, 담임선생님은 반의 모든 학생에게 손으로 쓰신 편지를 한 통씩 주셨다. 편지 내용은 학생마다 달랐는데 공들인 티가 났다. 반에서 가장 빨리 등교하는 학생, 한 번도 지각해 본 일이 없는 학생, 하루도 결석해 본 일이 없는 학생, 가장 성실한 학생. 내가 받은 편지 맨 위에 적힌 말을 그대로 옮긴 것이다.

내가 살며 갖고 사는 것 중에 가장 가치 있는 것이 성실함이었다. 그 성실함이 어딘가에 도움이 되었는지는 솔직히 모르겠다. 앞으로의 삶이 그 성실함으로 만든 것들을 증명하게 될지도 모르겠다.

그래도 나는 성실함을 가진 사람들이 좋다. 구태여 말 하지 않아도 내 마음과 삶의 과정을 이해해 줄 것만 같은 기분이 든다.

감정 표현의 방법

////////////////////////////////

다 같이 드라마나 영화를 보면 늘 같은 생각을 했다.

'왜 나만 울고 있는 거지?'

지금이야 시대를 잘 만나서 감수성이 되었지, 그때만 해도 사내아이에게 눈물은 그저 부끄러운 일이었다. 감추려 애쓰던 것을 편하게 내보일 수 있는 것은 사실은 시대가 변했기 때문이 아니라. 내가 내가 아니기 때문일 것이다.

표현이 부끄럽고 어렵거든 겉으로 드러나는 나를 감추고 속에 있는 것을 꺼내 보기를 권한다. 필명을 써서 글을 써보는 것을 추천한다. 내가 누군지 아무도 모른다면, 마음이 감정이 곧이곧대로 나올 것이다. 그래서 글은 감정을 표현하기 무엇보다 좋은 도구인 것이다.

표현할 길이 전혀 없거든, 간단한 글을 써 보기를 바란다.

눈으로 보면 확실히 믿을 수 있다

///

하루하루가 고되었던 군 생활 중에 한 달에 닷새를 GP에서 보낼 때 정말 좋았던 것이 하나 있었다. 쏟아지는 별을 볼 수 있는 것이었다. GP는 위치 특성상 조명 불빛 하나 없었고, 그 지역은 오염되지 않은 청정한 곳이었다. 밤하늘을 보면 알 수 있었다.

식당 옆 작은 난간 아래 한 평 정도 되는 시멘트 바닥이 있었다. 그곳에 잠시나마 누워 하늘을 보고 있으면, 새카만 하늘을 빽빽이 채운 별을 볼 수 있었다. 고등학교 때 학교 옥상에 몰래 올라가서는 천체망원경에 눈을 박고 아무리 애써도 보기 힘들었던 별들이었다.

하늘은 그 계절의 별자리를 모두 헤아릴 수 있을 만큼 반짝였다. 마음에 별이 모두 담기는 듯했다. 눈에 담은 별을 하나하나 모두 기억할 수 있을 것만 같았다.

나는 별천지를 믿는다. 서울 하늘에 별이 보이지 않아도, 그 위로 별이 가득하다는 것을 믿는다. 인상적이었던 모든 순간이 그랬다. 평생을 잊지 못할 순간에 놓인다는 것은 감정이 그대로 기억에 기록되는 것이다. 다시는 사라지지 않을 감정인 것이다.

행복하라는 말의 의미

///////////////////////////////////////

행복하라는 말을 못 했다. 마지막 인사가 될 것만 같아서. 보통의 이별의 순간 가장 흔한 말은 "행복하게 지내."가 아닐까 싶다. 그 말은 내 순간의 기억에도 있다.

"다른 좋은 사람 만나서 행복하게 살아."

나는 대답하지 않았다. 그리고 그 말을 돌려주지도 않았다. 행복하라는 말은 내가 없어도 된다는 뜻이고, 내 입에서 그 말을 꺼낸다면 이것이 진짜 마지막이 될 것만 같았다. 끝내 나는 행복하라는 말을 하지 않았다. 5년 내내 말이다. 내가 건넨 마지막 인사는

"다시 올게, 꼭 다시 만나자."

였다. 이 말을 두고 내가 어찌 너를 잊을까. 어찌 다른 사람을 사랑할까. 있을 수 없는 일이었다. 나로서는 어찌할 수 없는 감정이고 일이었다. 많이 힘들었지만 그래도 그 감정이 좋았다.

내가 잘할 수 있을까

이제 나도 나를 못 믿겠는데 내가 어떻게 사람을 믿을 수 있을까. 나도 사람인데. 자기애가 꽤 강한 사람이었다. 내가 좋았다. 크게 노력하지 않아도 대부분의 것을 꽤 잘했다. 그러나 '크게 노력하지 않는다.' 이것이 내 인생의 최대 착오였다.

하나의 큰 실패와 함께 수많은 관계를 정리했다. 거의 전부를 정리했다고 해도 과언이 아니었다. 그로부터 나는 더는 사람을 믿지 않는다. 내가 마주하는 사람을 믿지 못해서가 아니었다. 가장 믿고 있던 사람인 나를 못 믿게 되었기 때문이다.

이제 나는 나도 믿지 않는다. 믿을 수가 없게 되었다. 전에는 나는 틀리지 않는다는 믿음과 나는 무조건 할 수 있다는 자신감이 있었는데, 지금은 나와 다른 생각을 가진 사람이 있으면 내가 틀릴 수도 있겠다는 생각에 말을 줄인다.

말은 갈수록 줄어든다. 마음은 더하면 더했지 덜 하지 않는다.

그때 그 바닥에 쓰려져 있던 내 모습을 기억에서 지우지 않는 이상 쉽게 생기지 않을 믿음이다.

내가 잘 할 수 있을까. 그런 마음이 생각에 자주 닿는다.

한마디의 말

//////////////////////

나를 마지막 순간까지 믿어준 사람은 어머니 한 사람이었다. 어머니는 딱 한마디만 하셨다.

　"엄마는 네가 무슨 말을 해도 믿어."

어떤 순간이 나를 살아있게 만들었냐고 묻는다면, 나는 그 순간이라고 답할 것이다. 2017년의 겨울이었다.

취하지 않을 만큼의 술

//////////////////////////////////////

남김없이 끊어버린 관계를 대신한 것은 매일 마신 소주 한 병이었다. 다른 것은 없었다. 나를 망가트리지도 나를 해하지도 않았다. 어떤 것에 의지하고 싶거든 기댈 수 있는 것에 기대야 한다. 술을 조절할 수 없다면, 결국 술이 술의 역할을 잃는 것이다.

나는 애초에 술에 대한 자제력을 가지고 있었다. 그 믿음이 있었다. 정해진 만큼의 술만 마실 수 있는 의지. 수많은 밤을 그렇게 지켰다. 괴로웠으나, 외롭지는 않았다. 8잔을 마시는 시간은 13분. 늘 비슷했다. 그 13분이면 하루를 견디는 데 충분했다.

그때 술을 왜 매일 같이 마셨냐고 묻는다면, 사실은 네가 더 잘 보였기 때문이다. 보고 싶었기 때문이다.

위로의 방법

//////////////////////////

웃으라 한다고 웃으면 그게 웃음일까. 마음에 가시가 돋쳐 슬픔이 이리 흘러나오는데. 슬픔에 빠지거나 힘듦에 빠진 사람을 앞에 두었다면, 웃어라 할 것이 아니라, 내가 웃어주면 된다. 그 앞에 앉아 있다는 것은 아직은 사람을 마주할 수 있다는 뜻이고, 사람은 결국 눈에 담은 것에 익숙해지기 마련이다. 눈물이 그렇듯 웃음도 그렇다. 급히 서둘러 울게 할 것이 아니라, 천천히 아주 천천히 웃어주면 된다. 슬픔은 진행 중이고, 위로는 때마다 방법이 있는 것이다.

감정을 정리하려면

//////////////////////////////////

감정의 깊이를 만드는 것은 사건이 아니라 사람이다. 사건에 놓여 있는 그 사람. 모든 감정은 그 사람 때문이다. 시간이 아무리 지났어도, 그 사건이 해결이 됐어도, 그 사람이 남아 있는 한 그 감정은 사라지지도 잊히지도 않는다.

감정을 정리를 하려거든 앞서 사람을 정리해야 한다. 그 사람에 대한 것 하나하나를 정리해 나가야 한다.

나는 그러지 못했다. 그게 내가 모든 감정을 그대로 두고 느끼는 이유이다. 너를 정리할 수가 없다. 잊으면 안 될 것 같은 사람이었다. 그것을 믿는다.

감정을 정확히 알 것

///////////////////////////////////////

　질량 없는 물질은 없다. 그렇다면 감정이 없는 순간은 있을까. 공허에도 공허함이 따라붙으니, 감정이 없는 순간은 아마도 없을 것이다. 이렇듯 명확한 사실에는 힘을 쓸 필요가 없다. 한 번 느낀 감정은 사라지지 않는다. 한 번 기억된 상처도 사라지지 않는다. 없앨 수 없는 것이라면 적응하는 수밖에 없다.

　한때는 매일의 감정을 기록했다. 단어 하나, 문장 하나면 충분했다. 기억과 마음에 남는 것은 확신할 수 없으나, 기록은 확인이 된다. 그 확인 곧 확신이다.

　내가 느끼는 감정을 정확히 아는 것만으로도 절반은 괜찮아진다. 그리고 남은 절반은 갖고 살아도 충분히 살만했다.

Part4.

언제고 행복에 닿기까지

행복이 쉽고 간단하다면 얼마나 좋을까

행복에 대한 질문을 받으면 자연스럽게 떠올리는 순간들이 있다. 그 순간들에 대한 기억은 내 나이가 여든이 되어서도 그 자리에 있을 것이다. 세월에 흐려지기는커녕 되짚은 세월에 오히려 더 짙어져 있을 것이다.

어느새 웃음이 나온다. 아니, 벌써부터 웃고 있었는지도 모른다. 행복이란 그런 것이다. 마지막 순간에 떠올릴 기억들이라고 생각하니 마음이 벅차오르기까지 한다.

나는 나로 인해 다른 누군가가 느끼는 행복에 대해 특별히 큰 행복을 느끼는 사람이다. 지나온 날의 행복에는 반드시 대상이 필요했으니, 행복이 내 마음대로 되지는 않았다. 사랑하는 사람이 생기고, 그 사람과 사랑을 이어가고. 깊어지고. 그 과정에서 나는 다시는 없을 것만 같은 행복감을 느끼곤 했다. 그리고 그때마다 마음으로 외치고는 했다.

'아, 행복하다.'

이렇듯 행복했던 날에는 지금이 잊히지 않을 순간임을 본능적으로 느꼈던 거 같다.

꽃을 사러 꽃집에 들어가 그 다발이 채워지는 동안. 그 시간을 기다리는 설렘과 품에 안았을 때 떠올리던 그녀의 표정, 너라는 꽃을 내가 포장지가 되어 감싸 안는 듯한 기분, 맛있는 것을 먹을 때 함께 고민하던 메뉴들, 웃으며 식당으로 가던 발걸음들이 선명하다. 그때 그 표정들을 잊을 수가 없다.

사랑이 끝나고 이별이 시작되었으며, 나는 모든 행복을 빼앗겼다. 참 오랜 시간이었다. 행복을 바라지는 않으나 불행하고 싶지는 않다는 마음이 나를 위한 최소한의 방어였다. 행복을 몰랐다면 그저 행복이 뭐길래 하고 투덜거렸을 것을 지나온 행복들이 나를 괴롭힌다.

모르면 아무것도 아니었을 것이, 알면 상처가 된다. 여행을 가고, 한번도 해본 적 없는 취미를 갖는다. 혼자서 맛있는 것을 먹는 일은 그만두기로 했다. 음식을 먹는 게 행복한 것이 아니라, 너와 함께 먹는 것이 행복했던 거라는 것을 알게 되었기 때문이다. 행복하기 위해 구태여 나를 슬픔에 던지는 것은 싫었다.

행복은 쉽고 간단했으나, 이루기 어려운 것이었다.

그래도 행복이 쉽다

////////////////////////////////////

슬픔은 쉽고, 행복은 어렵다는 표현에 동의하지 않는다. 때로는 슬픔도 어렵고 행복도 쉽다. 감정은 내가 원하는 대로 느끼는 것이 아니기에 쉽고 어려움을 따지는 것은 차원이 다른 문제인 것이다.

어쩌면 우리는 행복에 대해 너무 인색한 것은 아닐까. 행복이 무엇인지도 제대로 설명하지 못하면서, 너무 대단한 행복을 기다리고 있는 것은 아닐까. 혹은 너무 멀리 있는 행복을 좇는 것은 아닐까. 그저 한 발 앞에 있는 행복을 좇는다면 어떨까. 내겐 그 물꼬를 튼 것이 여행이었다. 그저 한계를 넘어서는 슬픔이 더는 감당이 되지 않아, 쏟아 버리고 싶은 마음에 무작정 떠난 강릉 여행이 한쪽으로 쏟아지던 나를 돌려놓았다. 바다 한 번 보고 싶어 계획 없이 당일로 떠난 기차 여행이었다. 나는 그날 결국 바다가 넓게 내려다보이는 숙소에서 1박을 지내고 왔다. 그저 종일 바다를 쳐다보기만 했다. 모래사장에 앉아서, 식당에 앉아서, 카페에 앉아서, 숙소 테라스에 앉아서 그렇게 바라보기만 했다. 나는 계속해서 다른 곳에 앉아 있었지만, 바라보는 바다는 하나였다. 때마다 변하는 파도와 파도 소리, 바다의 색깔, 하늘의 색깔, 구름의 모양, 모든 것이 새로웠다. 파도를 만든 것은 분명 바람이었을 텐데, 부서지는 쪽은 항상 파도였다. 나를 닮았다. 우리를 닮았다. 왜인지 마음이 편안해지는 느낌이 드는 것이 좋았다. 여유로웠다. 그렇다고 가져간 슬픔을 두고 오지는 못했다. 돌아오는 마음에도 슬픔은 여전히 차 있었지만, 괜찮다는 마음을 함께 싣고 왔다. 그로부터 여행을 다니는 것이 좋아졌고, 그것으로부터 작은 행복들을 느끼기 시작했다. 그 행복을 느끼기 위해 내가 한 것이라고는 고작 일주일 내 마시는 술을 한 번씩 줄였을 뿐이다. 그 돈으로 나는 한 달에 한 번씩 여행을 떠났다. 때로는 가깝게 때로는 멀리. 어쩐지 행복이 쉽게만 느껴진다.

가벼운 행복을 찾아라. 대단한 여행을 계획하지 마라. 중요한 것은 여행지가 아니라, 여행하려는 내 감정이다. 행복을 찾으려 슬픔을 버리는 것이 아니다. 슬픔을 버리는 과정에서 행복을 찾게 된다. 적당한 온도. 그 온도가 묻은 바람. 커다란 햇살. 그리고 더는 슬프지도 않은 그리움.

행복이 쉽다.

쉬워 보이는 행복의 소중함

아무 때고 연락해 만날 수 있는 사람이 있다는 것은 내 삶이 외롭지 않았다는 결정적인 증거이다. 외로움을 느끼지 않았다는 것이 아니다. 외로움은 누구에게나 있다. 외로움이 오르면 그 외로움을 풀 수 있다는 것이 곧 외롭지 않다는 것이다. 작용에 의한 반작용이 있는 감정은 오히려 건강하다. 작용이 그대로 흡수되는 것이 문제인 것이다.

당신은 당신의 외로움을 어떻게 대하는가. 여전히 그리움은 애틋한 것이고, 외로움은 고독한 것인가. 매일 봐도 소중한 사람이 있다면, 그 사람과 사랑에 빠지기를 바란다. 쉬워 보이는 행복을 소중히 여겨야 한다. 보고 싶을 때 만날 수 있다면 행복이다.

행복은 늘 곁에 있다.
행복하자.
행복하게 지내자.
우리는 충분히 그럴 수 있다.

주는 게 더 행복한 사람

다른 누군가가 아니라, 이제 내가 행복했으면 좋겠습니다. 세상에는 행복에 다가서는 두 가지 부류가 있습니다. 하나는 내가 행복해야 행복한 사람이고, 다른 하나는 누군가의 행복이 행복한 사람입니다. 곧, 받는 게 행복한 사람과 주는 게 행복한 사람입니다.

나는 살며 욕심을 부려본 일이 없습니다. 늘 양보하고 포기하면서 살았습니다. 그럼에도 불구하고 한점의 후회가 없는 이유는 나는 주는 게 행복한 사람이었기 때문입니다. 내가 가진 특별한 마음과 선택이 누군가에게 행복을 주는 것이 행복했습니다. '네가 먹는 것만 봐도 배가 부르다.'는 말에 크게 공감합니다. 행복을 지켜보는 것이 정말 행복했습니다.

그 행복을 이제는 돌리고자 합니다. 행복의 방향을 내 쪽으로 가져오고자 합니다. 이것은 이기적인 것이 아니라, 내 선택입니다. 더는 안아주는 사람인 것이 아니라, 어느 품엔가 가 안기는 사람이 되고 싶습니다.

나는 너무 지쳤습니다.

수많은 기회의 표시

///

　모든 계절은 모두 다시 시작하기 좋은 계절이다. 보통은 12월이 되면 1월을 함께 준비하기 시작한다. 12월도 1월도 깊은 겨울이며, 절기상 가장 닮은 계절이다. 우리는 1월이 되면 새로운 마음으로 새해의 목표들을 새운다. 참 좋은 일이다. 지친 마음과 산만해진 마음을 다시 정리할 수 있으니 말이다.

　그런데 1년을 잘 들여다보면 이런 기회가 많다. 멀리 보면 1년인 것이, 가까이 보면 다음 주부터 더 가까이 보면 내일이다. 무언가 꽉 막혀 있을 때는 이런 기회들을 핑계 삼아 환기시키는 것이 좋다.

　나는 계절을 기회로 삼는 것을 좋아하며, 그 기회를 지키는 편이다. 계절마다 특별히 해야 할 것을 구분 짓는 것은 아니나, 한 계절이 끝이 나면 반드시 나에게 잠깐의 휴식을 준다. 그 휴식은 모든 걱정으로부터 나를 몰아내는 것이다. 좋은 감정과 기억은 오래 가져가고, 나쁜 기억과 감정들은 그저 두고 가는 것이다. 내 것이지만, 필요하지 않다는 마음으로 내려놓는 것이다.

정해진 것이 새롭게 바뀌는 때, 그때 그 기회를 잡아라. 기회는 잡고자 하는 마음만 있다면 지금보다 많을 것이다. 굳어진 것이 변화할 때는 이유가 있는 것이다.

봄이 문턱까지 가까운 지금이 즐거운 까닭이다.

노력하여 만든 마음

성격이 맞아야 함께 살 수 있는 것은 성격은 쉽게 변하지 않기 때문이다. 처음부터 그랬던 것은 대부분 바꾸는 것이 어렵다.

내가 좋아하는 사람이 좋아하는 모습에 맞추기 위해 노력을 한다. 그 노력은 관계를 지속시키고 사랑을 더 크게 만든다. 어느새 우리는 천생연분이 된다. 그러나 노력해야만 만들어진 모습은 노력하지 않으면 결국 원래 자신의 모습으로 돌아간다. 그제야 서로에 대해 정확히 알게 되며, 그것이 곧 이별이 된다. 연애는 서로를 알아가는 과정이며, 이별을 확인하는 과정이다. 서로 솔직해야 하는 이유가 된다.

노력하지 말라는 것은 아니다. 서로에게 최선을 다하되, 꾸밈 없는 모습도 보여야 한다는 것이다. 그리하면 너무 멀어지기 전에 서로에게 닮아 갈 수가 있다.

세상에 천생연분은 없다. 그것은 반드시 한 사람의 배려와 더 큰 사랑이니, 상대방에게 고마워해야 한다. 교차하는 그 마음이 곧 천생연분일 것이다.

관계를 대하는 자세

상대방의 진심을 알기 위해 애쓰지 않는 것은 오랜 경험에 의한 적응과 어느 정도의 내 성격에 따른 결론이다. 누구에게나 존댓말을 쓰는 것이 그 시작이다. 반듯한 예의가 필요한 관계가 아니라면, 먼저 인사를 건네지도 않으며, 내가 먼저 말을 건네는 일은 정말 흔치 않은 일이다.

모든 관계에서 기대를 빼면 태도가 간결해진다. 유대감이 형성되기를 바라는 것이 아니라면, 마음을 먼저 내어줄 필요가 없는 것이다.

나는 누군가와 관계를 둘 때 그저 그 사람이 나를 대하는 태도를 본다. 진심은 중요하지 않다. 내가 진심을 내어줄 준비가 되어있지 않기 때문이다. 그렇듯 진심은 아주 나중의 일이다. 처음부터 마음의 교환을 바라면 관계가 매우 고단해지며, 그로부터 상처받기도 쉽다. 내가 처음부터 마음을 열지 않듯 상대방도 마찬가지일 것이다.

마음을 여는 그 속도의 차이는 결국 성격과 가치관의 차이와 연관되어 있다. 그 차이가 크게 엇갈린다면 그 정도의 관계를 유지하는 것이고, 그 차이가 비슷하게 일치한다면, 좋은 관계가 되는 것이다. 애쓸 필요가 없는 것이다.

출발선의 긴장감

////////////////////////////

난 뭐든 출발 직전에 엄청난 긴장감을 느낀다. 어려서도 그랬고, 지금도 그렇다. 막상 시작하고 나면 편안해지는데 말이다.

학창 시절 내내 달리기를 1등을 했고, 1등을 할 거라는 것도 알고 있었다. 그래도 출발선에 서면 두근두근 심장이 터질 듯했다. 첫발을 떼는 순간 모든 것이 차분해졌다. 프레젠테이션을 할 때도 그 시작까지 떨림을 주체할 수가 없었지만, 프레젠테이션은 한 번도 빠짐없이 성공적이었다. 하여 나는 준비하는 시간을 오래 두면 안 되는 사람이다.

그런데 내 성격은 준비 없이는 아무것도 하지 않는 타입이다. 인간의 어느 성격은 빙빙 꼬인 모순 같은데 하필이면 나는 도전이 그랬다. 실패가 적었던 이유는 결국 도전하지 않았기 때문이다. 그게 조금 후회가 된다. 나는 왜 그렇게 도전 앞에서 몸을 떨었을까. 그러나 그것들이 지금의 가벼운 도전들이 행복으로 오는 이유가 되었다.

잃어도 좋은 추억

//////////////////////////////

할아버지는 아버지가 고등학생일 때 돌아가셨다. 내가 할아버지에 대해 아는 것은 할아버지의 성함과 할머니 댁에 굳게 걸려 있던 영정 사진 속의 얼굴뿐이다. 외할아버지를 생각하면 하얀 삼베옷이 떠오르는데 할아버지를 생각하면 정갈하게 차려 입으신 검은색 정복이 생각나는 것은 아마도 그 사진의 모습 때문일 것이다.

어머니도 할아버지에 대해서는 잘 모른다고 하셨다. 할아버지와 유일하게 닿는 곳이 할아버지의 산소였다. 시골의 어느 높지 않은 산의 중턱에 위치한 묘는 어렸을 때부터 기억이 많다. 벌초를 하던 일, 추석이면 주변에 떨어진 밤을 줍던 일, 아버지와 묘목을 사다 심었던 일 등 많은 추억이 있다. 초등학생 때 아버지와 묘목을 양쪽에 두 그루를 심었는데, 얼마 가지 않아 한 그루는 누군가 뽑아 가버렸고, 한 그루는 내 키만큼 자랐다. 산소에 갈 때마다 내 키와 맞대어 보는 그런 재미도 있었다.

나를 포함해 사촌 형제 둘, 총 세 명에게는 몸에 큰 점이 있는데, 할머니는 그 이유가 할아버지 묘 끄트머리에 깊게 박혀있는 바위 때문이라고 하셨다. 또 근처에 뿌리가 깊은 아카시아 나무가 자라 있었는데, 베도 베도 계속 자라는 것이 자식들의 앞길을 막고 있다고 하셨다. 묘를 이장할 때까지 그 나무는 끝내 베지 못했다.

2018년 1년을 누워 계시던 할머니가 돌아가셨다. 그때 할아버지 묘를 이장하면서 할머니와 할아버지를 한곳에 모셨다. 할머니는 늘 할아버지 묘를 이장하고 싶어 하셨는데, 그제야 함께 하게 되신 것이다.

사실 나는 어려서 할머니가 이장에 대한 말씀을 꺼내시면 좀처럼 슬펐다. 당신의 죽음을 항상 덧붙여 말씀하셨기에 그랬다. 이제 나는 할아버지의 산소가 없다. 추억도 기억도 할머니가 모두 거둬 가셨다. 그래도 나는 마음이 좋다. 두 분의 사진이 두 분의 모습이 함께 붙어 있는 모습을 보면 마음 좋다. 모든 추억을 잃었어도 말이다.

지금 두 분은 함께 계실까 궁금하다.

그 정도의 시간이 지났을 때 나는 어떤 모습을 하고 있을까.

그해 봄이 처음 오던 날

봄을 알리는 것은 꽃이 아니란다. 그보다 훨씬 먼저 오는 따스한 바람. 그 바람의 촉감으로부터 나는 봄을 마음에 천천히 내려놓는다. 그제야 봄인가 한 번 올려다보게 된다.

매해 봄의 첫날을 좋아한다. 명확한 절기와는 다르게 마음에 담은 봄은 오늘부터라는 특별한 기준은 없지만, 내가 느끼는 따스함이 처음 온 날을 봄의 시작으로 여긴다. 그게 무엇이든 처음인 날이 나는 좋다. 뚜렷하지는 않지만 이유가 있는 설렘이 나는 좋다. 그해 처음 온 봄에도 그런 설렘을 느꼈던 것 같다.

네가 내 인생에 처음 들어온 그해 봄에 말이다.

실수가 보여주는 모습

가을에 떨어지는 푸른 이파리들이 있다. 햇볕을 보지 못하고 자란 가여운 나무들이다. 지난여름에 책방 앞에 가져다 둔 남천 나무가 그렇다. 가을이면 빨갛게 물들어 예쁘다는 이야기에 아버지가 보내 주신 나무였다. 가지는 얇아도 높이가 내 키를 넘었으니 꽤나 듬직한 모양새였다.

그러나 그 남천은 3월을 목전에 둔 지금도 푸른 잎을 띠고 있다. 눈대중으로 봐도 잎의 절반은 떨어져 나왔을 만큼 야위었다. 어제도 떨어진 잎을 쓸었고 오늘도 한 움큼 손을 집어냈다. 정성을 쏟았음에도 잎이 붉어지지 않는 것에 나무에 이상이 있나 싶었지만, 추운 날씨가 걱정되어 일찍 실내에 들여놓은 내 탓이었다. 일조량이 부족했던 것이다. 적당한 온도와 실내조명으로 정성을 다했지만, 부족한 일조량은 내 정성으로도 어찌할 수가 없는 일이었다. 하지만 붉은 잎을 보지 못한 덕분에 나는 한 겨울에도 남천을 눈에 담을 수 있었다.

실수는 때로는 다른 모습을 보여준다. 완벽을 추구하다가 그 완벽을 놓고 나니, 마음이 편한 것은 물론이고 내가 모르고 살던 것들을 알게 되는 것이 좋다.

이 봄에 남천 나무가 어떤 모습을 보일지도 궁금한 마음이다.

스무 번째 계절, 봄

////////////////////////////////////

올해의 봄은 스무 번째 계절이다.

다섯 번의 여름과

다섯 번의 가을과

다섯 번의 겨울과

네 번의 봄

그리고 이번이 스무 번째 계절이자

다섯 번째 봄이다.

스무 번째 계절이 봄이라니

꽃이 피는 계절이라니

마음이 오르락내리락 한다.

너는 어데 피었을까.

이번에도 네가 오기를

//

    너를 기다리며 몇 대의 기차를 지나쳐 보냈는지, 몇 대의 열차를 흘려보냈는지, 몇 명의 얼굴을 쳐다봤는지, 너는 모른다. 그럼에도 그 시간들이 좋았던 이유는 너는 한 번도 오지 않은 적이 없기 때문이다. 어딘가에서 네가 돌아오는 길에는 늘 내가 기다리고 있었다. 너를 배웅하는 사람이 나라는 것과 너를 마중하는 사람이 나라는 것이 나는 행복했다.

    아주 긴 시간이 흘러 지나가고 있지만, 그래도 결국에는 이번에도 네가 오기를 바란다. 내가 기다리고 있다는 것을 알고 있었던 것처럼, 달려와 안기는 날이 있었으면 좋겠다.

    그렇다면 나는 어떻게든 눈물을 참아내고 웃어 보일 것이다.

쓰임 있는 마음

//////////////////////////

쓰고자 하는 마음과 마음 쓰이는 일이 맞아떨어질 때, 기대 이상의 관계가 터져 나온다. 눈을 마주치거나 짧게라도 말이 몇 마디 오간 사이는 어느 날엔가의 인연이라고 생각하는데, 그렇게 합을 맞추는 생각이 내가 추구하고 꾸리는 관계에 도움이 된다. 사람은 나이가 들수록 관계의 폭이 좁아 들며, 이는 실패가 쌓인 까닭이다. 그 많은 실패가 지나가고도 쓰일 마음과 마음이 쓰이는 것이 남아있다는 것은 나는 소중한 마음을 가진 사람인 것이다. 애틋하게 여겨야 할 그런 마음 말이다.

아름다운 것이 좋다

//

　사계 중에 여름을 가장 좋아했던 이유는 첫째는 내 태생이 초여름이었기 때문이고, 둘째는 낮이 밤보다 길었기 때문이다. 나이가 들어가면 여름과 겨울처럼 한쪽으로 치우치는 계절보다는 봄이나 가을처럼 사이에 잠시 머무는 계절이 달가워진다.

　나는 그랬다. 잠깐의 여유라는 것은 이 봄과 가을에 있다. 너무 극적이지도 더는 밋밋하지 않은 계절. 나는 어느덧 봄이 좋아지는 나이가 되었다. 사진첩에 꽃이 물드는 그런 나이가 되어가고 있다. 처음부터 갖고 태어난 내 감수성을 좋아하지는 않으나, 한 계절 봄에는 그 감수성을 마음껏 꺼내 놓는다. 이 기억들이 한 해를 끌고 나갈 것이라는 것을 알고 있다. 다가올 장마를 견디고, 지는 낙엽을 쓸어내고, 쓸쓸하게 내릴 첫눈에 대비하는 것이다.

　그래서 나는 봄에 늘 열심이다. 봄에 느낀 행복이 사계를 가득차게 한다.

　아름다운 잔상은 잊히지를 않으니, 아름다운 것이 나는 좋다.

너는 참 예쁘게 살았구나

수줍음이 없는 웃음이 마음에 들었다. 처음에는 너의 외모가 좋았고, 그리워할 때는 너의 존재가 좋았고, 만날 때는 네 성격이 좋았다. 너를 알게 된 이후로 한 번도 좋지 않았던 날이 없었다. 슬펐던 날에도, 힘들었던 날에도 마찬가지였다. 새하얗게 예쁜 웃음을 가진 여자였다. 누군가 내게 행복을 그림으로 그려보라고 한다면, 나는 새 하얀 여백에 너의 두 눈부터 그려 넣을 것이다. 그리고 그 눈을 보고 내가 대신 웃을 것이다. 처음 마주한 것도 눈이었고, 마지막으로 놓지 않았던 것도 눈이었다. 처음으로 웃는 것을 보았을 때 '너는 참 예쁘게 살았구나.' 이런 생각이 들었다.

나는 네 얼굴에만 있는 그 웃음이 좋았다.

보고 있으면 내가 어느새 웃고 있었기 때문이다.

알면서도 가지 못하는 길

끝에 이른 모습을 이미 알고는 있으나, 걷는 동안에는 그 끝이 보이지 않는 길을 좋아한다. 바닷길을 좋아하는 이유이고, 강변을 좋아하는 이유이다. 도시 속의 메타세쿼이아 길 앞에 서면 끝없이 걷고 싶은 마음이 있다. 끝에 서 있는 너와, 끝을 알지만 이르지 못하는 내 걸음. 네가 나를 기다리지 않는 것이 아니라, 처음부터 있지도 않았던 것이 아니라, 그저 내가 끝에 이르지 못한 것이기를 바랐다.

앞으로 계속 걸으면 지금 이 자리에 다시 돌아온다는 것을 알면서도 가지 못하는 것처럼.

당신에게 하고 싶은 말

언젠가 당신에게 하고 싶은 말은 그때 내가 해주지 못했던 말이 대부분입니다. 나는 그날들에 짙어진 죄책감이 무겁습니다. 무섭습니다. 때로는 절망의 무게보다도 더 무겁게 느껴집니다. 슬픔보다 슬프고, 아픔보다 아프며, 그리움보다 더 그립습니다. 언젠가 우리 다시 만나는 날이 있다면, 그동안 내게 있었던 일들이 아니라, 그때 당신에게 해주지 못했던 말들을 먼저 해줄 겁니다. 그러면 내가 조금 괜찮아질까 싶습니다.

다시 행복해진 추억

/////////////////////////////////

    당신은 사랑하는 동안에 그 사랑이 끊겼다고 생각한 적이 있습니까. 나는 한번도 없습니다만, 끊겼을지도 모른다고 걱정한 적은 있습니다. 그런 순간들이 쌓여 결국에는 이리 끊겼을 겁니다. 나도 그것을 잘 알고 있습니다. 잊으려는 마음이 생길 때마다, 나는 기억을 잊기 위해 애썼습니다. 그것을 잊지 않았다면, 이별이었겠지요.

    반면에 감정은 한 번도 잊기 위해 애쓴 적이 없습니다. 오히려 반대였을 겁니다. 지금은 잊으려 애쓰던 것을 멈췄습니다. 잊지 않아도 괜찮을 수 있다는 것을 알게 된 덕분입니다. 사람들은 그것을 추억이라고 부릅니다.

    마음을 내려놓으니 그 추억이라는 것이 다시 행복하지 뭡니까.

네가 그쪽에 있다면

해가 길어진 여름이면 해가 질 무렵에 맞춰서 한강을 달리곤 한다. 동호대교를 출발해 잠수교를 향해 달리는 코스는 늘 똑같다.

나는 변화를 싫어하고 익숙한 것에 마음을 오래 둔다. 한번도 반대로 달렸던 적은 없다. 반대 방향으로 가야만 했던 날에는 천 근이 된 마음을 질질 끌며 걸었다. 어쩌면 기었을지도 모른다. 달려야 하는 날에는 늘 서쪽을 향해 달렸고, 서쪽의 하늘만 바라보았다. 붉게 물든 서쪽 하늘은 내가 가장 좋아하는 풍경이고 시간이다.

네가 내게 오기 전부터 그랬다. 하물며 네가 있는 지금의 서쪽 하늘은 얼마나 애틋할까. 너도 분명히 그 하늘을 보았을 것이다. 한 번은 보았을 것이다. 그때 한 번쯤은 내가 생각이 났으면 좋겠다. 네가 그쪽에 있다면 말이다.

지금의 나는 네가 어디 있는 지도 모르겠다. 있던 곳만 서성일 뿐이다.

풍경으로부터

//////////////////////////

　기차 여행을 좋아하는 이유는 시골길을 지나치기 때문이다. 이른 아침에 출발하는 열차는 햇살을 마주하고 달린다. 서울에서 멀어질수록 햇볕은 더 짙게 쏟아진다. 양평을 넘어설 때가 특히 그렇다. 곧이어 적당한 거리를 두고 지나치는 시골길의 풍경은 왜인지 편안함을 준다. 여행의 목적을 잊을 만큼의 안온과 생각하고 있던 무언가도 잊을 만큼의 따스한 마음을 준다. 간혹 멀리서 굴뚝에 연기가 피어오르는 것을 보는 날이면, 한껏 부푼 기차삯이 아깝지 않았다. 이동 간에 잠을 이루지 못하는 성격이 때로는 이처럼 가득하게 나를 채워준다.

　여행이 좋고, 기차 여행이 좋다. 더불어 네가 옆자리에 앉는다면, 넘칠 것만 같다. 기차를 태워 보내기만 해봤지, 함께 타본 기억이 없다. 그 익숙한 선로에 대한 기억 때문인지, 착각하고 있던 것이다.

　남은 삶 내내 고대하고 있다.

　남은 삶을 함께할 여행을 기다리고 있다.

사소함이 좋다

//////////////////////

　가벼운 차림에 팔을 두르고, 팔짱을 끼고, 마트에 가서 그날 저녁에 먹을 장을 보고, 시장에 가서 늘 먹던 떡볶이와 칼국수를 먹고, 오는 길에 카페에 들러 여유 있게 커피를 마신다. 왜인지 나는 그런 사소함이 좋았다.

　특별한 순간이 깊고 높은 파고를 이룬다면, 사소한 일상들은 그저 날마다 불어오는 산뜻한 바람이었다. 목적지도 방향도 없는 바람이었다. 기다리지 않아도 어느 틈엔가 내게 불어오고 있는 그런 갈망 없는 마음이었다. 내가 애쓰지 않아도, 방향을 정하고 걷지 않아도, 나를 꼭 쥐고 함께 걷는 네가 있어서 나는 좋았다. 그랬던 날들을 너는 얼마나 태워 냈을까. 그 남은 세상에 내가 있기는 한 걸까.

　왜 인지 네가 남아 있는 물건들은 마음에 불이 나도 불이 붙지를 않는다.

마음 다해 싸워야 하는 이유

//

건강한 연애를 하려면 잘 싸워야 한다. 다툼이 전혀 없는 커플은 서로를 잘 아는 듯하나 잘 모른다. 넘겨짚는 것이 대부분이다. 가끔 다투기도 하는 커플은 서로를 잘 모른다고 생각하나 너무 잘 안다. 넘겨짚은 것이 아니라, 확인한 것이기 때문이다. 싸우지 않으면 서로를 알 수가 없다. 머리에 쌓인 기억이 아니라, 마음을 다해 싸워야 한다. 머리로 싸운 것은 기억에 남으나, 마음으로 싸운 것은 마음에 남는다. 그것이 마음을 맞대어 마음의 관계를 회복하는 방법이다.

욕심의 필요

//////////////////

　욕심이라는 단어가 이기적이고 부정적으로 다가오는 이유는 어른들 때문이다. 그러나 지금껏 내가 살아본 이 사회는 욕심이 있는 사람들이 더 잘 산다. 욕심 없는 삶은 삶의 과정에서는 좋은 시선과 칭찬을 한 몸에 받지만, 모든 시간이 흘러 결과에 하나씩 이르게 되면, 무엇도 이루지 못한 바보 같은 인간이 되어 있다.

　욕심을 부리라고 말하고 싶다. 내가 원하는 것이 있다면, 부디 갖고 싶은 마음을 갖기를 바란다. 그 마음이 다른 사람에게 피해가 되지 않는다면 말이다. 내 마음은 내 마음의 것이다. 누가 뭐라고 해도 누가 어떤 시선을 내게 보여도, 내 마음이 내가 마음이 든다면 괜찮은 일이다. 선택을 강요받지 말고, 마음도 강요받지 마라. 결국에 오는 후회들은 다른 사람을 위한 선택에서 온다. 그 후회는 결국 내 몫이다. 어느 누구도 그 후회를 감싸주지 않는다.

　사람 좋아하는 마음도 마찬가지 일 것이다. 기다리는 사람에게 오는 것은 우연도 운명도 아니다. 다른 사람의 행복을 지켜보며 느끼는 후회뿐일 것이다.

"우연이란 노력하는 사람에게 운명이 놓아주는 다리"

영화 〈엽기적인 그녀〉에 나온 이 대사를 좋아한다. 그리고 믿고 있다. 부디 노력해서 얻기를 바란다.

결핍된 언어들

//////////////////////////////

미안하다는 말보다는 고맙다는 말을 듣기 좋아하는데, 그 표현에 담긴 특유의 뉘앙스 때문이다. 미안하다는 말은 늘 무겁다. 아무리 가벼운 미안함이라도 무겁다. 반면에 고맙다는 말은 속이 가득 찼어도 가볍게 온다. 말이 가볍다는 것이 아니라 마음이 가볍다는 말이다.

그 미안하다는 말조차 하지 않는 사람들이 있다. 미안하다는 말 한마디면 서로 이해하고 넘어갔을 일을 파국으로 이끈다. 그 관계는 끝나는 것이다. 한마디 말도 없이, 마지막 인사도 하지 못한 채로 사라지는 것이다. 그 사람은 결국 평생을 그런 사람으로 기억에 남게 되는 것이다. 고맙다는 말, 미안하다는 말, 사랑한다는 말. 이 흔한 말들이 꺼내기 어려운 말이 된 것은 우리가 자란 환경이 원인이 된 경우가 크다. 표현에 인색하고 설명과 이해시키는 일에 익숙한 환경인 것이다.

'표현은 예의가 없고 설명은 예의가 있다.'

참 말 같지도 않은 말이다. 표현이 결핍되면 진심이 줄어든다. 우리가 가장 많이 쓰는 표현의 도구는 언어인데, 그 언어조차 제대로 쓰지 못하는 것이다. 결핍이 무서운 이유는 반드시 티가 나기 때문이다. 그래서 나는 가감 없이 있는 그대로의 감정을 표현하는 사람이 좋다. 감정은 간결할수록 깊이 들어와 남는 법이다.

결코 손대고 싶지 않은 감정

///

너에 대한 내 감정은 한사코 손대고 싶지가 않다. 어떤 생각도 더하지 않은 채로, 내가 느끼는 감정 그대로를 느끼고 싶다. 슬픔을 몰아내지도, 그리움에서 벗어나고 싶지도 않다. 내가 느낀 감정 그대로의 감정을 느끼면서 살아가고 싶다. 언젠가 그 감정들을 너에게 들려주고 싶다. 그리고 그 감정은 지금의 감정과 닮아 있었으면 좋겠다.

가끔은 나도 내가 좋다

////////////////////////////////

내 성격에서 한 가지를 버릴 수 있다면, 나는 여린 마음을 버리고 싶다. 이 타고난 여린 마음은 사는 동안 늘 불행의 씨앗이 되고는 했다. 따라오는 걱정은 내 것이 아니라 나로부터 파생된 어느 것들이었으며, 고스란히 내 마음을 뒤집어 놓고는 했다. 결과적으로 지금의 삶에 깊은 감수성의 성격이 글 쓰는 데 도움이 되고 있지만, 글을 쓰지 않아도 상관없으니 무엇 하나 마음에 담기지 않는 마음을 갖고 싶다.

무던한 감정을 갖고 싶다. 꽃이 피지 않아도 좋으니, 소나무가 되고 싶다. 그렇게 되지 않는다는 것을 잘 알면서도 말이다.

그래서 나는 꽃이 좋다. 꽃을 보고 있으면 마음이 동요가 되어 좋다. 내가 그 꽃들 중에 함께 핀 일부가 되는 기분이 들어 좋다.

가끔은 나도 내가 좋다.

타고난 감정의 깊이

////////////////////////////////

　감정의 깊이는 곧 시간이고, 그 시간에 밴 향기는 추억이다. 저마다 느끼는 감정은 비슷할 수 있지만, 그 감정의 깊이는 가늠할 수가 없다. 그 깊이는 타고난다고 나는 믿는 편인데, 나 또한 슬픔의 깊이가 한 뼘은 깊은 듯하다.

　감정이 깊다는 것은 두고 거둠, 즉 머무름이 길다는 뜻이다. 순식간에 빠져들어 아주 천천히 빠져나온다. 빠르게 시작하여 천천히 끝이 나는 것이다. 결국은 시간이 오래 걸리는 것이다. 한 번 둔 마음을 쉽게 거두지 못하는 것이다. 이 슬픔이 이처럼 오래 남아있을 거라는 것을 나는 처음부터 알고 있었다. 알고 있었기에 오히려 버틸 수 있던 것이 아닐까 싶기도 하다.

　나를 잘 아는 것만큼 힘이 되는 것은 없어 보인다.

듣기 좋은 말

//////////////////////

"작가님 요즘은 글이 그렇게 슬프지 않네요?"

듣기 좋은 말이다. 내가 전처럼 슬프지 않다는 뜻이니까. SNS
에 5년 동안 하루도 빠짐없이 글을 올릴 수 있었던 이유는 애써
쓴 글이 아니었기 때문이다. 나는 그저 글을 올려야 하는 시간,
그 순간에 내가 느끼고 있는 감정을 적었다.

한 가지 오해하는 부분이 있다면, 처음부터 내 글이 슬펐던 것
은 아니다. 처음에는 행복한 시절이었기에 내 글 또한 행복했다.
아주 오래 내 글을 봐온 사람들은 알 것이다. 대단한 글도 아니었
고 멋진 글도 아니었지만, 많은 사람이 좋아해 줬던 것은 감정에
솔직했기 때문이다. 이 감정이 진짜라는 것을 알아줬던 것이다.

그래서 나는 믿는다. 내 글에 대한 반응들을. 글이 전처럼 슬프
지 않다는 말, 참 듣기 좋은 말이다.

감정이 끌려가는 관성

///

새벽에도 꽃은 자라고 있다. 계속해서 피고 있고, 쉬지 않고 지고 있다. 살아있는 모든 것은 보이지 않는다고 멈춰있는 것은 아니다. 나도 계속해서 시간을 쓰고 있고, 너도 계속해서 시간을 쓰고 있을 것이다.

눈에 보이는 것을 믿되, 보이지 않는 것을 의심하지 마라. 사람 사는 것과 사람 마음은 늘 가던 곳으로 가게 되어 있다. 그게 내가 그리움을 계속 갖고 사는 이유일 지도 모른다.

지금도 나도 모르게 나를 끌어당기는 것이 너의 어떤 것이라고 나는 믿는다. 감정이 끌려가는 관성이 그렇다. 그리고 그 관성이 가는 방향이 운명이기를 바라고 있다.

행복을 말해주는 사람

///////////////////////////////////////

　혼자서는 알지 못하는 것들이 있다. 너는 모른다. 네가 얼마나 예쁜 얼굴을 하고 자는지. 나도 모른다. 내가 얼마나 슬픈 얼굴로 자는지. 세상을 혼자 살면 내 모습은 결코 알 수가 없다. 내 모습에 대해 말해주는 사람이 있다는 것은 무엇보다 행복한 일이다. 행복을 확인하는 일이다. 나에 대해 말해주는 사람을 소중히 해야 한다. 그 사람은 나를 살펴주는 마음을 가진 사람이다. 그런 사람이 없다면, 만들었으면 좋겠다.

그저 아직 운명이었으면

　너를 좋아하는 내가 좋았다. 마음과 머리가 맞아떨어진 것이다. 무엇 하나 엇나가는 것이 없었다. 엇갈리는 것이 없었다. 인연이 운명이 되어가는 것이 행복했다. 사람은 이성과 감성이 똑같은 결론을 내릴 때, 비로소 완벽함을 느낀다. 나한테는 그 완벽함이 전부 너였다. 그때 그 운명이 다한 것이 아니라, 그저 아직 운명이었으면 좋겠다.

　그 헛되고 아름다운 말에 기대어 본다.

감정의 우선순위를 알면

선물하는 것을 좋아한다. 특히나 선물을 고르는 과정을 좋아한다. 이 선물을 받았을 때 느낄 그 사람의 마음과 반응을 생각하면, 괜스레 마음이 따스해진다. 그런데도 마음에 썩 들지 않는 선물을 건넬 때가 있다. 선물을 교환하는 굴욕도 경험해 본 일이 있다. 그것은 상대방에 대해 관심이 없었기 때문이 아니다. 관심이 너무 많았기 때문에 조심스러웠던 것이다. 이런 것을 두고 센스가 없다고 말하는 사람은 선물을 받을 자격이 없다.

그래도 나는 선물이 마음에 안 든다고 대놓고 말해주는 사람이 좋다. 마음에 드는 선물을 줄 수 있기 때문에 나는 기쁘다. 실망보다는 그 기쁨이 더 큰 것이다.

쾌락의 지표는 순위로 나뉘지만, 감정의 우선순위는 사람마다 다른 것이다. 자신에게 어떤 감정이 더 위에 있는지 우선이 되는지 알면 조금 더 행복에 가까운 삶을 살 수 있다.

레몬 나무를 키우듯

//////////////////////////////

레몬을 잘 먹는다. 레몬의 신맛을 잘 느끼지 못한다. 이상한 것은 다른 신맛은 잘 느끼면서 유독 레몬의 신맛을 제대로 느끼지 못하는 것이다. 레몬 하나를 통으로 씹어 먹어도 아무렇지 않으니, 처음 보는 사람은 놀라기도 한다. 이것이 이유가 되어서 나는 레몬 나무를 키우게 됐다. 레몬은 2~3년 정도가 되어야 열매가 열린다고 하는데, 이제 2년 반이 지났다.

나는 이 레몬 나무에 정성을 다하는 것이 좋다. 열리지도 않은 잎에서는 벌써부터 레몬 향이 나기도 한다. 눈앞에 푸른 잎이 정말 좋다. 내가 레몬에 대한 특별한 사연이 없었다면, 레몬 나무를 키우는 일도 없었을 것이다.

이렇듯 인연이 되는 것은 단순한 우연이 아니다. 반드시 그 이유가 있다. 우리가 잘 인지하지 못할 뿐, 나중에 가서는 추억이 될 이야기가 반드시 있는 법이다. 그래서 관심이 중요한 것이다. 아는 만큼 보인다는 말에 크게 공감하는데, 세상은 정말 아는 만큼만 보인다.

많이 알수록 괜찮아질 방법도 많은 것이다.

약속된 만남이 좋다

////////////////////////////////

나이가 들어가면서 변해가는 마음가짐이 하나 있다. 불확실함에 대한 기다림이 그것이다. 20대의 운명이 낭만이었다면, 30대의 운명은 그 낭만이 현실로 바뀌는 시절이다. 더는 정해지지 않는 것에 지쳐버린 것이다.

갑작스러운 만남이 불편해진다. 정리되지 않은 마음으로 마주하게 되는 모든 것이 싫다. 확실한 약속에 의해 마주하는 자리가 편해졌다. 30대 중반의 나이, 누군가에게는 젊은이가 될 것이고, 누군가에게는 아저씨가 되기도 한다. 그러나 그것과는 상관없이 나는 운명이라는 단어가 더는 낭만스럽지 않다.

보통의 아주 평범하고 안전한 삶을 살고 싶다. 운명적인 만남보다 약속된 만남이 더 설레는 나이가 되었다.

사월에 핀 꽃

//////////////////

삼월 말이 되면 벚꽃 소식이 들리기 시작하고, 사월 첫 주가 되면 벚꽃이 본격적으로 열리기 시작한다. 그리고 둘째 주로 넘어가면서 꽃이 만발하기 시작한다. 가히 아름다웠다. 일 년 중에 가장 행복한 때가 언제냐고 묻는다면, 나는 사월의 둘째 주 벚꽃 눈이 내리는 날이라고 할 것이다. 세상 가장 의미 있는 날. 만개한 벚꽃 잎이 바람결에 눈처럼 쏟아진다. 당신이 내게 쏟아져 내리듯이, 모든 축복을 너에게 주고 싶다.

고마웠다. 세상에 피어줘서.

사랑만큼 행복한 순간은 없었다

인생에 몇 번의 크고 작은 행복이 다녀간 적이 있다. 그 모든 순간은 사랑이 계속되던 시절의 일이다. 살며 처음으로 느꼈던 행복도, 마지막으로 느꼈던 행복도, 모두 그 사랑 안에서 시작되었고 끝이 났다.

사랑하지 않아도 행복할 수는 있다. 그러나 사랑 없이는 완벽한 행복에 이를 수 없다. 성취에 의한 행복은 반드시 공허를 동반한다.

아직까지 나는 사랑 이상의 행복은 알지 못하겠다.

살아온 것이 쌓이는 까닭

결과를 확인할 수 없는 일에는 시간을 소중히 써야 한다. 나이가 들어갈수록 더욱 그렇다. 나이가 들수록 우리는 실패한 도전에 대해 회복할 시간이 부족하다. 삶에 대한 무게 중심이 넘어가기 시작한 것이다. 막연한 일에 대한 도전과 끝이 없는 일에 대한 열정. 어느덧 얻는 것보다 잃지 않는 것에 마음을 두게 된다. 내일 해야 하는 일보다 어제 했던 일에 마음을 오래 두는 이유이다. 갈수록 추억이 깊어지고, 생각은 얕아진다. 살아온 것이 쌓이는 까닭이다.

사사로운 행복에 기댄 일상

운전하는 것을 싫어한다. 이동 간에 생각에 잠기는 것을 좋아하는데, 운전을 하면 그 생각을 빼앗기기 때문이다. 책방을 준비하고부터는 운전하는 일이 잦아졌다. 처음에는 그런 것들이 불편하게 느껴졌지만, 나도 모르게 흥얼거리는 것을 느꼈다. 노래 부르는 것을 좋아한다. 생각해 보니 마지막으로 노래방에 간 것이 언제인지 기억이 나지도 않았다.

관계를 없애면, 얻는 것만큼 잃는 것도 많다. 내가 목소리를 잃어 갔던 이유는 말을 하지 않았기 때문이다. 말하지 않아도 됐기 때문이다. 말을 하지 않으면 성대 근육을 쓰지 않게 되어 힘이 들어가지 않는다고 한다. 목소리가 바뀐 이유도 그 때문이었다.

운전을 다시 하고부터는 그 문제가 해결이 되었는데, 어느덧 운전하는 시간이 즐거워졌다. 좁은 공간에서 아무리 큰 소리로 노래를 불러도 아무에게도 들리지 않았기 때문이다. 이건 마치 아무도 없는 산 정상에서 어느 눈치도 보지 않고 야호를 마음껏 외치는 기분이었다. 그저 지금의 아무것도 아닌 즐거움들이 언제고 행복이 되기를 바란다.

그렇게 나는 삶을 되찾고 있다. 곳곳에 숨어있는 사사로운 행복에 기대어 살아보고 있다.

뺏긴 게 아닌 유효기간이 다한 것

우리는 행복이 끝나고 나면 엄청난 불행이 올 것 같다는 오해와 염려를 갖고 산다.

세상에는 행복한 사람과 불행한 사람보다 어느 쪽도 아닌 사람이 훨씬 많다. 바로 보통의 사람들이다. 가끔 행복하고, 가끔 불행하기도 한 사람들. 그것이 행복이 특별한 이유이고, 불행이 특별하지 않은 이유이다.

어떤 일을 두 가지의 경우로만 좁혀 생각하는 이분법적 사고방식은 삶의 질을 매우 편협하게 만든다. 우리가 다소 부정적인 어감으로 표현하는 '이것도 저것도 아닌 사람'은 사실은 가장 보통의 사람들이다. 대부분의 우리가 이 보통에 속한다. 행복이 끝나면 엄청난 불행이 올 것이라는 오해의 오류에는 바로 이 사고가 적용된다. 이별에의 슬픔과 아픔은 오더라도, 행복이 끝났다고 불행이 오지는 않는다. 그저 원래대로 돌아가는 것이다. 잠시 가졌던 행복이 사라지는 것이다. 그런데 우리는 무언가를 쥐고 있다가 빼앗기면 아무리 사소한 것이라도 절망을 느낀다.

빼앗겼다고 생각하지 마라. 지금이 행복을 다 썼다고 생각해라. 행복의 유효기간이 다한 것이다. 우리는 그저 다음 행복을 찾아 열심히 살면 되는 것이다. 그 행복이 어느 날엔가 예기치 않게 내 삶에 들어와 앉은 것처럼. 그렇게 말이다.

부디 한번만 와주길

눈에 담기는 모든 아름다운 것을 주고 싶었다. 하나도 빠짐없이 모두 주고 싶었다. 나는 그저 너 하나만 볼 수 있다면, 그것으로 행복했다. 모든 감정을 이 바다에 두고, 오고 갔다. 언젠가 만나게 된다면, 이 바다를 모두 너에게 주고 싶다. 어느 계절이라도 좋겠다. 부디 한번만 와라. 보여주고 싶다. 내가 살았던 모습을 들려주고 싶다.

유대감이 있는 감정

///////////////////////////////

포항에 위치한 외갓집에는 1년에 한 번 가고는 했다. 외할아버지가 살아 계실 때까지는 그랬다. 내가 스무 살 때 외할아버지께서 돌아가셨으니 벌써 오랜 시간이 지났다.

할아버지를 생각하면 떠오르는 것이 두 가지 있다. 하얀 삼베옷과 중절모, 그리고 은색의 자전차. 그 모습이 훤하다. 할아버지는 두꺼운 갈색 뿔테안경을 쓰셔서인지 굉장히 점잖고 정갈한 모습이셨다. 어머니는 2남 6녀 중에 막내딸이다. 막내딸의 큰아들인 나를 할아버지께서 많이 사랑해 주셨다. 본인의 방에서 옆에 두고 재워 주시고, 자전차 뒤에 나를 태워 주시고는 했다.

나는 그 자전차가 매우 든든했다. 시골길에 살짝 깔린 회색빛 아스팔트 위를 유유히 달려 나가는 기분이었다. 두 번째 수능을 한 달여 앞둔 어느 날이었다. 할아버지가 돌아가셨다는 연락을 받은 어머니는 울면서 집에 뛰어 들어오셨고, 나는 어머니의 그 모습을 보고 울면서 내 방에 뛰어 들어갔다.

유대감이 있는 관계는 서로의 감정이 이어진다. 내 어머니와 어머니의 아버지와 감정이 이어진다. 그게 사랑이 끝나지 않은 까닭이다. 올해는 꼭 어머니와 함께 포항에 가보고 싶다. 외갓집에 가면 아직 할아버지가 계실 것 같은 착각이 든다. 더는 늙지 않은 모습으로 어머니의 아버지가 말이다.

한 시절의 행복이 가진 힘

//

너를 사랑할 수 있어서 행복했다. 그것으로 나는 되었다. 지켜
보는 것이 좋았다. 하얀 얼굴, 소녀 같은 웃음, 거리낌 없는 감정
표현. 모든 것이 좋았다. 그 기억들이 나를 살린다. 살아보고 싶
게 만든다. 하나의 행복은 힘이 없지만, 한 시절의 행복은 힘이
있다. 나는 그 힘을 믿는다.

참 소중한 첫 번째 기억

안방과 주방, 작은방의 딱 중간의 통로, 멀리 떨어진 조명 불빛에 여인은 등을 들썩인다. 왼편의 벽에 걸린 파란색 나비 그림 액자와 오른편 현관 앞에 놓인 고무나무, 여인은 미안하다는 말을 반복한다. 등에 업힌 사내아이는 울고 있다. 여인은 엄마가 미안하다고 연신 읊조린다. 아이는 울음을 그치지 않는다.

30년이 지난 어느 날, 여인은 아들에게 말한다. 어느 날에는 당신이 정말 많이 힘든 날이었는데, 아이가 바지에 똥을 쌌다고 한다. 그게 너무 화가 나 아이를 혼을 냈던 것이다. 사실은 아이는 그날 몸이 아팠다. 여인은 그것도 모르고 아이에게 화를 낸 것에 대해 미안했던 기억이 있다고 한다.

나는 알았다. 그날이 그날이라는 것을. 나도 모르게 갖고 있던 내 인생의 첫 번째 기억의 순간. 바로 그날 말이다. 그 아이는 혼나는 것이 서러웠을까. 아픈 것이 서러웠을까. 엄마의 모습이 슬펐을까.

내게는 참 소중한 기억이다.

그저 좋아하는 것에

////////////////////////////////

나는 때로는, 당연한 것들을 반대로 하는 것을 좋아한다. 여름에 더울 때는 오히려 머리카락을 길게 길렀고, 겨울에 추울 때는 머리카락을 짧게 잘랐다. 왜 그렇게 다르고 싶었을까. 특별하고 싶었던 적은 없다. 그러나 똑같아지는 것은 싫었다.

유행을 따르지 않은 것과 오래된 것을 좋아하는 것은 아마도 여기서 시작된 것이 아닐까 싶다. 좋아하는 것이 중요했던 것이 아니라, 싫어하는 것을 하지 않는 것이 나는 늘 중요했던 거 같다. 그래서 최선에 이르지 못한 것은 아니었을까.

지금은 그저 좋아하는 것에 마음을 두려고 노력한다.

가벼운 마음은 가벼운 하루를 가져다준다. 웃을 기회를 많이 만드는 것. 진짜 행복은 그런 게 아닐까 싶다.

나만 행복한 시간

지금껏 내가 행복이라고 생각했던 시간들이, 나를 제외한 모든 사람의 기억 속에 불행한 시간이었다고 한다면 어찌할까. 어찌 될까. 내가 살아 있을 수는 있을까. 그 사람들과 같은 세상에 내가 살 수는 있을까. 같은 기억을 두고 다른 마음을 남기며 살 수 있을까. 넘겨짚어 끌어안은 그 죄책감이 나는 너무 컸다. 나를 사랑해 준 모두에게 미안했다. 죄송했다. 언젠가는 웃는 모습을 전할 날이 있기를 바란다.

보고 싶다는 네 글자

눈에 맺히는 시상이 늘 흐릿했던 이유는 늘 보고 싶었기 때문이다. 울지 않은 날이 없었다. 순간 써 내려가는 글들을 읽을 수도 없었다. 내 눈에 보이는 글자들은 시력을 완전히 잃은 듯한 모습이었다. 내가 적으면서도 알아볼 수 없는 글들이었다. 무엇을 적었을까. 무엇을 썼을까. 무엇을 느꼈을까. 결국은 '보고 싶다.' 이 네 글자를 적고 싶어 쓴 글이었을 것이다.

나는 이제 기다리는 게 너무 싫어

내 삶은 언제나 기다리는 것에 익숙했다. 시간 약속에 철저한 성격과 더불어, 먼저 도착해서 기다리는 것이 좋았기 때문이다. 순간에 먼저 놓인다는 것은 꽤나 매력적인 일이었다. 앞으로 벌어질 일에 대해 생각할 수 있었고, 누군가 나를 만나기 위해 이 순간에 젖어 든다는 것 또한 따뜻했다.

기다리는 사람은 오는 길목을 바라본다. 그리고 그 시선에 그 사람이 맺힌다. 기다리고 기대하던 것이 실현되는 것이다. 기다리는 사람은 제자리에서 사람을 맞지만, 기다리는 사람을 알아보고 다가오는 사람은 늘 웃으며 달려온다. 나는 그 웃음이 좋았다. 나를 보며 처음 짓는 표정이 웃음이라는 것이 좋았다. "일찍 왔네? 많이 기다렸어?" 그 질문도 좋았다. 그 말을 할 때는 대부분이 환하게 웃었기 때문이다.

허나 그때는 내가 상처가 없을 때였다. 나도 역시 기다림에 지치고, 지키지 않는 약속에 상처를 받았다. 기다리며 늘 갖던 생각들은 어느새 바뀌었다. '안 오려나?', '왜 이렇게 늦어?' 그리고 점점 약속들은 가벼워졌다. 그동안 내가 좋아했던 기다림이 아니었다.

마음이 멀어지면 생각도 멀어진다. 멀어진 틈새로 더불어 생각이 많아진다. 관계를 멀리하게 되는 것은 당연한 일이었다. 더는 기다리는 것이 싫었다. 실망하는 마음을 갖는 것이 싫었던 것이다.

이제는 나를 위해 쓰는 시간

///

30년 이상의 시간을 썼다. 3분의 1 이상의 시간을 나는 쓴 것이다. 충분하고도 모자란 시간이었다. 내 시간이었지만, 그 많은 시간을 나는 많은 사람에게 썼다고 생각한다. 그 시간을 이제 나를 위해서 쓰려는 것이다. 싫어하는 사람과 함께할 시간은 이제 없는 것이다. 회사를 그만두고, 하고 싶은 일을 하며, 나를 좋아해 주는 사람들을 만난다. 분명히 내 삶은 좀처럼 가벼워졌다. 나를 위한 시간이 눈에 보이는 것으로 바뀌어 남게 되는 것이 너무 좋다.

꿈이었으면 좋겠어

/////////////////////////////////

잠 못 드는 밤에도 나는 꿈을 꾸고 있었다. 기억은 꿈이 되고, 감정은 그 꿈의 모습이 된다. 모든 사건과 감정은 엇갈려 꼬리를 문다. 있었던 일이 없던 일이 되지 않듯이, 없던 일이 있던 일이 되지도 않는다. 꿈은 그저 꿈이었을 뿐, 나는 한 편의 어떤 꿈을 꾸고 있던 것이다. 그것은 깨고 싶은 꿈이기도, 깨지 않고 싶은 꿈이기도 했다.

어떤 식으로든 이제는 꿈에서 깼으면 좋겠다는 생각을 한다.

모든 것이 꿈이었으면 좋겠다.

내 표정이 보고 싶다

/////////////////////////////

아무것도 묻지 않고, 눈을 맞춰 웃어주는 사람. 위로가 되었다. 내게 필요한 것은 괜찮다는 잠깐의 말이 아니라, 기억에 두고두고 남을 괜찮다는 표정이었으니까. 편안했고, 푹신했다. 내 감정이 벽에 막혀 부서지는 것이 아니라, 푹신하게 닿았다가 다시 내게 돌아오는 기분이었다. 그게 눈맞춤의 웃음이었다. 따스했다. 기억하는 것만으로도 위로를 느낄 수 있었다.

그립다. 나를 위하던 그 마음이 짓던 표정들이.

나는 지금 어떤 표정을 짓고 있을까. 새삼 보고 싶어진다. 내 얼굴에 담은 요즘의 마음들이. 여직 슬퍼 보인다면 걱정이고, 괜찮아 보인다면 다행이겠다.

겨울비
//////////

엊그제만 해도 낮 최고기온이 16도에 이르더니, 3일을 내 비바람이 몰아친다. 봄이라고 생각했던 지난주가 무색해진다. 내가 느낀 것은 봄의 시작이 아니라 겨울의 끄트머리쯤의 무언가였을 것이다.

요즘은 3월이 한참 넘어서도 봄기운을 느끼지 못하겠다. 꽃을 기대하는 시간은 계속해서 길어지고, 꽃을 보는 시간은 계속해서 줄어든다. 기대는 늘고, 얻는 것은 줄어든다.

올봄은 유난히 늦게 온다. 참 쉽게 오지 않는다. 이어 내리는 얇은 비는 봄비인지 겨울비인지 그 온도도 명확하지 못하다. 내릴 땐 한참을 아름답다가도 그치고 나면 흙탕물이 되어 있다.

봄이 오기 전에 내리는 비는 어쩐지 나를 닮아 안쓰럽다. 나도 내가 어서 마음을 정했으면 좋겠다. 겨울비로 남을 것이지, 봄비로 다시 내릴 것이지.

행복할 준비

//////////////////

어떤 상황에서도 굳건히 변하지 않고 자신을 지키는 사람이 행복한 것이 아니라, 세상에 따라 세월에 따라 변해가는 사람이 행복한 사람이라는 것을 이제야 알게 된다. 30년 가까이 지켜온 신념도 20년을 지켜온 사랑도 변할 수 있다는 것을, 변해도 된다는 것을 이제야 알게 된다. 처음에는 후회스러웠으나, 지금은 지금의 변화들이 기대가 된다. 어느덧 행복할 준비가 된 것 같다.

확인

/////////

시간 참 빠르다.
또 1년이 지나갔다.

나는 변했을까.
변했다면 얼마나 괜찮아졌을까.
무엇으로든 확인해 보고 싶다.
이야기를 들어보고 싶다.

지금의 내 모습에 대해서.

한 사람으로부터

/////////////////////////////

너를 보고 있으면 느껴졌다. 모르고 살던 내 감정들이 느껴졌다. 그리고 대부분이 처음 느껴보는 감정이었다. 모든 것이 좋은 감정이었다. 평생을 살아도 느끼지 못하던 감정들을 한 명의 사람이 모두 느끼게 해주었다. 바라보는 것만으로도 함께 있는 것만으로도 행복해진다는 것은 행복한 일이었다. 그리고 그 행복이 기억에 그대로 남아있다는 것도 행복한 일이다. 비록 그 끝이 슬프더라도 말이다.

너에게

//////////

    다 잊은 듯한 모습으로 살 테니 언제든 와라. 나는 자격이 없지만, 너는 자격이 있다. 마음은 언제고 기다리고 있을 것이다. 5년이다. 나도 이제 내 삶으로 다시 돌아왔다. 살아봐야 알겠지만, 나는 잘 할 것이다. 잘 하고 잘 살 것이다. 그렇게 갈 것이다.

그녀는 잊으면 안 될 것 같은 사람이었다

그게 무엇이든 끊임없이 지속되는 것이 있다면, 지속되는 감정이 있다면, 내가 모르는 어떤 이유가 있는 것을 아닐까. 혹여 내가 아닌 다른 무언가가 애쓰고 있는 것은 아닐까. 그 애씀이 내게 닿고 있는 것은 아닐까.

낮에는 선을 넘어선 기억의 잔상이 지워지지 않았고, 밤에는 날마다 꿈에 찾아와서는 새로운 모습을 두고 갔다. 도무지 내 노력으로는 나아질 수 있는 것들이 아니었다. 다행히도 나는 내 능력을 벗어난 일에는 에너지를 쏟지 않는 사람이었다. 나는 그저, 맺히는 자리에 그저 두었다.

시간이 지나면서 스스로 느꼈던 거 같다. 너는 잊으면 안 되는 사람이라는 것을. 어쩌면 괜찮아진다는 것은 이런 것이 아니었을까. 다른 사람들이 어떻게 괜찮아지는지는 모르겠으나, 적어도 나는 그랬던 거 같다. 바뀌지 않는 상황 속에서도 마음이 편안함을 찾아가는 것.

비로소 이별로부터 자유로워졌다. 세기 말의 혼돈과 혼란스러움을 닮아 있던 이 감정의 시절이 마침내 변곡을 찍은 것이었다.

감정이 처음으로 걷히려는 순간이었다.

어떤 감정에도 익숙해지지 말 것

어느 하나의 감정에 익숙해지면 감정 하나를 잃는다. 우리가 느끼는 마음들은 때에 따라 반드시 필요한 감정들인데, 느끼지 못하는 감정이 있다는 것은 어쩌면 위험한 일이다. 날마다 깊은 감정을 느꼈지만, 그 감정을 그대로 오래 두지는 않았다. 순식간에 제 감정을 다시 느낀다 해도, 중간에 다른 감정을 끼워 넣기 위해 노력했다. 내게는 그 노력이 내 삶을 여전히 굴러가게 하는 윤활유 같은 역할을 해주었고, 감정과 감정이 맞닿을 때 긁히며 일어나는 파열음은 내 몸이 나를 살리려는 신호였으며, 몸과 마음이 나를 위해 함께 애쓰는 것이었다. 나는 그저 그 신호에 반응하면 되었다. 보통은 눈물이 그 신호가 되지만, 나는 반대로 눈물이 멈추었을 때 그 신호를 받아들였다. 눈물이 나는 것은 이상하지 않았지만, 눈물조차 나지 않는 날은 오히려 이상했던 것이다. 항상 슬펐으나, 힘들지는 않았다. 항상 그리웠으나, 여전히 힘들지는 않았다. 나는 그저 감정의 깊이가 조금 깊었을 뿐이다. 그리고 그 깊이를 견딜 방법이 있었던 것이다. 도구는 필요에 따라 만들어지며, 대안이 있는 문제는 걱정이 없다.

내 감정에 맞는 내 상황에 맞는 도구를 찾기를 바란다. 그리하면 깊은 감정 또한 그저 특별한 감상이 될 뿐이다.

감정을 이해해 주는 사람 한 명이 필요한 이유

감정이 없는 사람과 한자리에 있으면, 내 감정마저 갉아 먹히는 기분을 느낀다. 아무리 슬픈 영화를 봐도 눈물 한 방울 안 나온다고 말하던 친구, 아무리 웃긴 이야기를 해도 재미가 없다고 하는 친구, 반면에 울기도 웃기도 잘 하는 친구, 그리고 눈물이 많은 나까지. 우리는 4총사였다. 우리는 서로가 서로를 모두 이해하지는 못했으나, 다행히 적어도 한 명은 감정에 대해 서로 연결되어 있었다. 혼자 느끼는 감정은 이해받기 어려우나, 똑같은 감정을 두 사람이 느끼는 경우에는 그럴 수도 있겠다는 이해를 얻는다. 어떤 곳에 발을 두더라도 내 감정을 이해해 주는 사람 한 명이 필요한 이유이다. 그렇게만 할 수 있다면, 감정이 다르다는 이유로 외로움을 느끼는 일은 없을 것이다.

기억에 묻은 감정을 느끼는 것

누군가 네가 쓰던 말투를 쓴다. 똑같은 단어를 쓴다. 세상이 멈춘다. 움직일 수가 없다. 내가 짓는 표정은 경직되었을 것이다. 온몸이 굳어 버린 채로 심장과 세포만이 미친 듯이 튀어 오른다. 겉은 굳고, 안은 녹아내린다. 외면이 깨져 버리거나, 내면이 공허해지거나 둘 중 하나에 이를 것이다.

파도가 치는 호수가 얼마나 무서운지 눈으로 보지 못한 사람은 모를 것이다. 고작 단어 하나, 사소한 말투 하나가 몇 달을 끊어 놓은 기억을 흐르게 한다. 기억을 타고 감정이 찢겨져 나오며 하루가 마비된다. 잊히지 않는 기억보다 두려운 것이 잊고 있던 기억의 재생이다. 기억에 감정이라도 있다는 듯이, 계속 몰랐으면 아무것도 아니었을 것을 다시 알게 되면 잊고 있던 시간만큼 더 깊어져서 온다.

기억에 묻은 감정을 다시 느끼는 것은 늘 벌을 받는 기분이었다. 감정이 사라지지 않고 나도 모르게 계속 커가고 있었으니 말이다.

마음의 방향이 같은 사람이 좋다

///

그녀를 사랑했던 이유는 사랑했기 때문이다.

그녀를 그리워했던 이유는 보고 싶었기 때문이다.

당연한 것에는 이유가 붙지 않는다. 너무 당연한 일은 생각해본 일이 없기 때문이다. 그것은 마치 수학이나 물리의 공식과도 같았다. 학창 시절에는 그 공식을 증명하기 위해 공부를 하고는 했지만, 학업이 끝나면 공식에 대해 의문 같은 것은 사라진다. 그냥 공식 자체의 결과만 남는 것이다. 1 더하기 1이 2가 되는 이유를 설명할 이유가 없는 것이다. 이것은 어쩌면 암묵적인 약속일지도 모른다.

'너도 알고, 나도 알아. 그러니까 설명할 필요없어.'

단답으로 말하는 사람을 좋아했던 이유는 내가 그런 부류의 사람이었기 때문이다. 생각의 방식이 같다고 생각했다. 그러나 지금은 이미 알고 있는 것도 웃으며 이야기해주는 사람이 좋다.

역시 내가 그렇게 변한 까닭이고, 이유보다 과정이 중요해진 것이다. 생각의 방식이 같은 사람이 아니라, 마음의 방향이 같은 사람이 좋아진 것이다.

언젠가 너를 만나게 된다면, 모두 이야기해주고 싶다. 처음부터 지금까지 너로부터의 내 모든 것을 말이다.

혼자가 되어 하는 시간 여행

결국 혼자가 되고 나서야, 안에서만 맴돌던 감정들이 이윽고 밖으로 흘러나온다. 멈춤 없는 흐름의 대부분은 눈물이었고, 아주 먼 시간이 흘러 가끔 웃음이 되기도 했다.

요즘은 그런 생각을 자주 한다. 어느 감정이든 온몸으로 표현하던 너의 모습이 대단하다고. 그립다. 무언가 사소한 것 하나에 대한 기억이 툭 치고 지나가면, 어김없이 그리움이 깊어진다. 기술적으로도 불가능한 시간 여행을 마음은 기억을 동력으로 너무 쉽게 한다.

너는 지금 어떤 표정을 짓고 어떤 얼굴을 하고 있을까. 네 머리 위에 펼쳐진 하늘은 무슨 색일까. 그 하늘은 나와 같은 하늘일까.

감정을 내려놓을 장면들이 너무 많다. 어쩐지 외로워진다.

7년 6개월이라는 거대한 바다

2014년의 겨울부터 2022년의 봄까지 나는 똑같은 스마트폰을 썼다. 보통 2년이면 바꾸는 것을 왜 이렇게까지 오래 사용했냐고 묻는다면, 간직하고 싶었기 때문이다. 사진 한 장, 문자 메시지 한 통 지우지 않았다. 이게 마지막이라고 생각했다. 우리가 함께 했던 기억의 마지막 조각. 그 조각을 지키고 싶었다.

나는 감정의 파도가 될 거대한 바다를 그대로 간직하고 산 것이다. 기억이 바다라면 나는 고작 그 바다 위에 표류하고 있는 돛단배였다. 그동안 배터리를 세 번이나 교체했고, 불편한 일들도 모두 불편함 없이 견뎠다. 기어이 먹통이 되기 시작했고, 마침내 나는 너를 그만 놓기로 했다. 홀가분하다는 표현은 몹시 미안한 표현이나 이 글에서는 쓰고 싶다. 홀가분했다.

한곳에 오래 머물다 보면 가끔 이상한 바람을 만난다. 무엇 하나가 끝이 나면, 의도하지 않아도 무엇 하나를 시작하게 된다. 또는 무엇 하나를 시작하려고 하면, 무엇 하나가 끝나게 된다. 우연이었을까.

7년 6개월. 네가 없이도 더하여 우리가 함께 한 시간이다. 이제 안녕이라는 말을 해야 할 것 같다.

그 시절의 벚꽃은 이미 졌다

4월에 벚꽃 나무에 꽃이 피면, 다들 그 주변에 몰려서는 벚꽃을 본다. 벚꽃나무가 늘어진 가로수가 곧 봄의 길이 된다.

나는 그 거리에서 멀리 떨어져 스마트폰 속의 사진을 본다. 내가 손에 든 사진 속에도 벚꽃은 피어 있다. 한 잎 변한 것도 없이 피어있다. 5년 전의 벚꽃과 6년, 7년 전의 벚꽃이다. 꽃은 며칠이면 떨어지지만, 이 사진 속의 꽃은 몇 년이 지나도 떨어지지 않는다. 너에 대한 내 기억들도 그렇다. 몇 년이 지나도 잊히지를 않는다.

이미 가진 피어있는 꽃에 대한 기억을 바꾸려면, 잊으려 애쓸 것이 아니라 떨어진 꽃을 봐야 한다는 것을 이제는 안다. 잊는 것은 어려워도 새로운 기억을 심는 것은 그보다 쉽다. 본디 지우는 것보다 덧칠하는 것이 흔적이 덜 한 법이다.

혹여 내 사진 속의 꽃이 이미 졌다면, 이제는 나도 알았으면 좋

겠다. 알려줬으면 좋겠다. 그 꽃이 졌다는 것을. 이것은 온전히
나를 위한 부탁이다. 소식을 기다릴 것이다.

모든 것에 대해 행복할 필요는 없다

모든 감정이 행복할 수는 없다. 모든 날들이 행복할 수도 없다. 모든 것에 대해 행복을 엮는 것은 행복이 아니라 행복에 대한 집착이다. 슬픔까지 행복할 필요는 없는 것이다. 슬픔은 슬픔 그 자체만으로도 이미 완성된 감정이다. 더할 것 없이 느끼고 표현하면 된다.

감정 하나에 다른 감정을 끌어들이지 마라. 하나의 감정에 고착되면 그 감정을 제대로 느낄 수 없다는 것을 명심해야 한다. 고착되어 사라지는 감정 중에 하나가 행복의 감정일지도 모르는 것이다.

행복을 삶의 기준으로 삼되 전부로 두지는 말아라. 그러면 행복이 조금은 더 쉬워질 것이다.

나는 내가 느낀 그 감정과 변화들을 믿는다.

내 표현은 다른 사람의 표현에 묻어 나온다

혼자서는 아무리 행복해도 둘이 하는 것만 못하다. 잠깐의 고독이 사는 데 도움이 되는 것은 분명하다. 그러나 고독으로 모든 외로움을 씻을 수 있다는 생각은 착각이다.

끝없는 고독은 나도 모르는 사이에 마음이 죽어가는 것이다. 마음의 시한부를 사는 것이다. 마음은 씨가 되고 말은 그 씨앗을 자라게 한다. 혼자서도 씨를 뿌릴 수는 있으나, 뿌린 씨앗을 자라게 하지는 못한다. 느끼는 감정이 표현되지 못하고 마음에 맴돌다 그저 기억으로 남는 것이다.

혼자서는 아무리 웃어도 공허하다. 내 웃음에 대한 반응이 없는 것이다. 내 감정은 나 혼자는 알 수도 없다. 내 감정의 표현은 누군가의 표현에 묻어 보이는 것이다. 아무리 혼자 웃고 떠들어도 그것은 표현의 효과가 없다. 혼자서는 표현할 것이 없는 것도 사실이다. 맛있는 것을 먹어도 맛있다 생각뿐이지 입으로 꺼내는 일은 없을 것이다. 함께 걸으면 추억인 것이, 혼자 걸으면 기

억이 된다. 순간에는 좋았다 느낄지 모르나 갈수록 안 좋았던 기
억이 된다.

　감정은 끌어안는 것이 아니라. 툭 하고 뱉어내는 것이다. 그리
고 뱉은 것에 대해 어떤 표현을 해주는 사람이 있다는 것은 내 감
정을 건강하게 해준다.

　즉, 내 표현은 다른 사람의 표현에 묻어 나오는 것이다.

이제 내 꿈이 아니라, 네 꿈에서 만나고 싶다

단 하루도 오지 않은 날이 없었다. 네가 오는 것인지 내가 끌어 당기는 것인지 매일 그렇게 꿈에 담긴다. 수년은 그 꿈에 날마다 목숨을 잃기도 했다. 누군가는 꿈에서라도 볼 수 있다는 그 상황 그 모습조차 부러워했다. 그때마다 나는 꿈이 결국 나를 죽일 것이니 웃기지 말라고 했다.

참 많은 시간이 지나갔고, 어찌하였든 지금에 이르렀다. 돌아 보면 사실은 꿈에서라도 볼 수 있는 것이 좋았던 것 같다. 마음의 차이였을 것이다. 잊고 싶은 사람에게는 절망이었을 것이, 잊으 려는 생각이 없는 사람에게는 그저 그리움이었다. 순간은 힘들 어도 기억이 되면 무거웠던 것들이 가라앉고는 한다. 내가 그것 에 대해 극복했을 경우에는 말이다.

그러나 이제는 오지 마라. 잊지도 않은 너를 세상에 두는 것이 싫어졌다. 차라리 네가 꾸는 꿈에 내가 가기를 바란다.

나는 이제 너에 대한 꿈을 꾸는 것이 불편하다.

저무는 것마다 나는 인사를 하고, 이별을 한다

처음 마주하는 것에 대해서는 크게 인사를 하지는 않는다. 그것은 낯을 가리는 고집스러운 내 성격이기도 하고, 아직 마음이 마음에 닿지 않은 까닭이기도 하다. 반면에 마주섬이 끝나가는 것에 대해서는 반드시 인사를 남긴다. 보통은 가벼운 표정의 인사가 되기도 하고, 때로는 깊은 인사말이 되기도 한다. 그 깊이를 결정하는 것은 아마도 그리움의 정도가 될 것이다.

꽃이 지는 모습을 볼 때면, 늘 이곳에 이대로 이 가지에 다시 피라고 말을 한다. 계절이 넘어갈 때도 내년에는 올해처럼 오라고 말을 한다. 소중한 사람과 기약 없는 이별을 할 때도 나는 꼭 다시 만나자는 말을 한다. 이렇듯 이별 앞에서는 항상 인사를 건네고는 하는데, 이 모든 인사들은 사실은 나를 위한 것이었다. 내 마음을 위한 것이었다. 떠나간 것에 대한 슬픔을 느끼지 않았으면 하는 바람으로 하는 것이었다.

무언가를 마음에 깊이 담을 줄 아는 사람은 보통의 사람보다 헤어짐에서 오는 허전함을 크게 느낀다. 감정이 오래 머무는 것이다. 그래서 더욱 꼭 다시 돌아오겠다는 너에게 건넨 그 마지막 인사를 지키고 싶었다.

어느 가을로부터

//////////////////////////////

어쩐지 나는 가을에 대한 기억이 많지 않습니다. 가을이면 감정의 깊이가 깊었기 때문일까요. 밖을 내다보기보다는 안을 더 자주 들여다보았기 때문일까요. 그것도 아니면 가을 앞에 여름이 늘 강렬했기 때문일까요.

당신에 대한 기억도 어쩐지 가을에는 덜 합니다. 이 글을 쓰는 잠깐의 순간에도 여직 물들지도 않은 단풍을 보러 북한산에 올랐던 날이 떠오릅니다. 나는 그날에도 행복했습니다. 모든 추억의 첫 번째 모습은 당신의 웃는 얼굴입니다. 나는 내가 가진 추억의 첫 페이지가 모두 당신이라는 것이 좋습니다.

사진과 마찬가지로 기억에는 내 모습이 없습니다. 내 시선만 가득합니다. 하여 내 기억은 당신 모습에 대한 가장 정확한 기록일 것입니다. 카메라와 부채 하나를 손에 쥐고 산을 오르고 내리던 그날의 모습은 왜인지 몇 해가 지난 이제서야 떠오릅니다. 한순간의 모습을 기억하면 그날에 찍었던 사진이 무더기로 뿜어져

나옵니다. 기억은 오래도록 끊겨 있다가도 이렇듯 쉽게 이어집니다. 하나의 순간이 그 하루를 모두 기억나게 합니다. 그 하루는 그 계절의 감정들을 기억나게 합니다.

가을을 좋아하지는 않습니다만, 어쩐지 그해 가을은 계속 생각하게 될 것 같습니다. 5년을 잊고 지내던 그날 당신의 표정이 떠올라 며칠은 기분이 좋겠습니다. 문득, 합정역에서 망원역에 이르는 길고 넓은 은행나무 가로수길이 스쳐갑니다. 그 길을 걷고 있는 당신의 모습과 함께.

같은 길을 다른 걸음으로 걷는다

늘 같은 길을 걷는다고 해서 그 걸음이 같은 것은 아니었다. 걷는 주기가 짧아진 탓에 풍경의 변화를 느낄 수조차 없던 날에는, 스스로 걸음의 속도를 달리하는 것으로 방법을 찾았다.

오늘은 아주 천천히 걷는다. 풍경의 속도에 맞춰서, 기억의 속도에 맞춰서, 변함의 속도가 아주 느릿한 감정의 속도에 맞춰서 그리 걷는다. 그리 걷는다. 나는 늘 많은 것을 안팎으로 짊어지고 걷는다. 그러나 무엇 하나 시원하게 내려놓고 돌아오지는 못한다. 그래도 걷는 것을 좋아했던 이유는 내가 멈춰 있으면 내가 가진 것들도 모두 멈춰 있기 때문이다.

내가 움직이면 생각도 기억도 감정도 모두 움직인다. 제대로 가는 줄은 모르겠으나, 적어도 움직이고 있다는 것을 아는 것만으로도 괜찮아질 수도 있다는 기대를 하게 된다. 달리는 차 안에서 창문을 열고 한 쪽 팔을 내밀고 바람을 맞는 기분과 비슷했다. 나는 다른 무엇보다 그게 시원했던 것 같다.

누군가 애써주지 않아도 내가 아직은 내 의지로 움직일 수 있다는 것에 대해 속이 시원했다.

묻고 싶습니다

//////////////////////////////

　다들 잊고 사는 겁니까, 기억하지 않고 사는 겁니까. 나는 이렇게 오랜 시간을 한 점 소중히 보냈어도 괜찮아지지 않는데, 당신들은 어찌 그리 금방 괜찮아지는 겁니까. 마음의 속도가 빠른 겁니까, 느린 겁니까, 혹여 감추는 겁니까, 아니면 감출 것도 없는 겁니까. 내가 이상한 겁니까. 당신들이 이상한 겁니까. 가끔은 나도 누군가에게 묻고 싶습니다. 정말 괜찮은 것이 맞는지, 마음을 참고 사는 것이 맞는지, 참은 마음은 어디로 가는 것인지 묻고 싶습니다. 나를 아는 사람이 있다면, 서둘러 대답해주기를 바랍니다. 그리해주면 위안이 될 듯합니다.

사소한 변화로부터의 얻는 마음

어느 날의 아침. 특별하지도 않은 보통의 아침이었다. 아침에 눈을 뜨면 하얀 천장을 본 뒤 창문을 바라보는 것은 오랜 습관이다. 그 다음에야 자리에서 일어난다. 그런데 그날은 왜인지 눈을 떴을 때 창 옆에 붙여 놓은 포스터가 눈에 제일 먼저 들어왔다. 어느 날엔가 미술관에서 사 온 폴 매카트니와 어린 자녀들의 사진을 프린트한 포스터였다. 흑백의 그 포스터가 왜 눈에 들어왔는지는 모르겠으나, 아침에 맨 처음 본 것이 오래된 필름 같은 흑백 포스터라는 것에 괜히 감상적이 되었다. 처음 있는 일이었기 때문이다. 가만히 10분은 쳐다본 거 같다. 그리고 종일 감정과 감정에 대한 생각에 붙잡혔다.

왜 그런 기분을 느꼈을까. 왜 평소와 다른 아침을 맞은 것일까. 13시간 뒤에 집에 돌아와 외투를 벗기도 전에 나는 포스터 앞에 서서 다시 10분을 가만히 쳐다봤다. 나는 13시간 10분을 한 장면만 생각한 것이다.

일상이 뒤틀릴 때는 분명한 이유가 있다는 것은 살아온 것에 대한 학습으로 알게 된 깨달음이었다. 결국 그 포스터를 떼고 푸른빛의 다른 포스터를 붙였다. 다음 날 아침 당연스럽게 맨 처음 그 포스터를 보게 됐다. 이유도 모르게 기분이 좋았다. 그냥 좋았다. 그리고 변화가 주는 마음의 움직임이 좋았다.

마음을 좋게 만드는 것은 아주 사소한 변화에 있다. 그 후로 나는 시선이 머무는 것들에 대해 작은 변화를 가져가고 있으며, 대부분의 변화가 마음에 들었다.

재회가 실패하는 이유

///////////////////////////////////

다시 만나면 정말 행복할까.

행복하지 않았던 기억을 갖고서도.

대부분의 재회는 실패로 끝이 난다고 한다. 누군가의 재회를 지켜본 일은 없으나, 실패의 이유는 알 것도 같다. 처음 만났을 때 그 사람이 더는 아닌 것이다.

모든 관계는 설렘으로부터 힘을 얻어 뻗어 가는데, 재회에는 설렘이 있어야 할 자리에 불안이 온다. 변하지 않은 것도 문제가 되고, 변한 것도 문제가 된다. 신경 써야 할 모습과 마음이 너무 많은 것이다. 사랑이 아니라 관계가 되는 것이다. 떨어져 있던 기간 동안 서로에게 있었던 일들도 문제가 될 것이다. 쉽게 말하면 관계에 큰 구멍이 생긴 것이니까. 또한 안 좋았던 때의 일들이 모습들이 계속해서 겹쳐질 것이다. 그것을 이겨내는 것은 정말 어려운 일일 것이다. 아무리 괜찮아졌어도 일말의 여지를 갖고 사는 것이니까.

이별이 서로 다름을 인정하는 것이었다면, 재회는 그 다름이 변하지는 않았을까 기대하는 것이다. 그리고 대부분의 기대는 실망이 되고, 쌓인 실망은 상처가 된다. 그러나 재회에는 상처는 없을 것이다. 한 번의 실망이면 다시 갈라설 관계일 것이다.

있다, 잊다, 잇다

//////////////////////////////

　여전히 너를 마음에 두고 있지만, 더는 너를 사랑하지는 않는
다. 계속해서 너를 사랑한다면 오래가지 않아 나는 끝이 날 것이
기 때문이다. 그 고된 결심을 나는 애틋하게 이루었다.

　사랑하지 않는 사람을 위해 내가 해야 할 것은 더는 없다. 이제
온전히 내 삶을 사는 것이다. 누군가를 위한 삶이 아니라, 내 삶
을 사는 것이다. 그렇게 마음에 둔 네가, 사라지지 않고 계속 있
기를 바란다. 나는 그 마음을 그저 이어갈 것이다.

　사랑하지 않는 것으로 사랑하는 마음을 잇는다. 언젠가 이 마
음이 다시 사랑이 되는 날이 온다면 행복할 것이다. 정말 행복할
것이다. 그날의 내 표정을 느낄 수 있다.

한참 후에야 꺼내어지는 감정

내 기억 속의 너는 너무 슬픈 표정을 하고서는 내게 웃고 있었다. 그날이었던 거 같다. 내가 너에게 행복을 줄 수 없을 지도 모르겠다고 처음 생각을 한 날이었다.

그날을 잊지 못한다. 눈물 속에 웃음이 있고, 웃음 속에 눈물이 있다. 표정이 섞이고, 감정 또한 섞여있다. 사랑하는 마음 하나 때문에 모든 것이 엉망이 되었다. 나로부터 너에게, 너로부터 나에게.

농도가 짙은 감정은 기억에 깊게 패인다. 깊게 패인 기억에서는 똑같은 감정이 시간을 두고 다시 자란다. 한참 후에야 꺼내어지는 감정은 그 어느 날에 느낀 감정의 잔해인 것이다. 돌아보면 너무 간단한 행복이었다. 후회는 남기지 않았으나, 그 모든 순간이 후회스럽다.

괜찮다는 오해

초판 1쇄 인쇄 2022년 8월 24일
초판 1쇄 발행 2022년 9월 2일

지은이　　인썸
펴낸이　　김동혁
펴낸곳　　강한별 출판사

기획　　　서가인
책임편집　윤수빈
디자인　　서승연

출판등록　2019년 8월 19일 제406-2019-000089호
주　　　소　경기도 파주시 탄현면 헤이리마을길 21-7 3층
대표전화　010-7566-1768 팩스 031-8048-4817
이 메 일　wjddud0987@naver.com

ⓒ 인썸, 2022

ISBN 979-11-92237-09-1 (03810)
· 책 값은 뒤표지에 있습니다.
· 파본 도서는 구입하신 서점에서 교환해 드립니다.
· 이 책의 일부 또는 전부를 재사용하려면 반드시 저작권자와 강한별 출판사의 동의를
　얻어야 합니다.